Sabina Gröner

Leles Geheimclub

Keine Kings im Hauptquartier!

Für Leonie und Loris
und meine Eltern

Sabina Gröner

Leles Geheimclub

Keine Kings im Hauptquartier!

Band 1

Mit Illustrationen von Meike Hamann

Ravensburger

Bibliografische Information der Deutschen Nationalbibliothek:

Die Deutsche Nationalbibliothek verzeichnet diese Publikation
in der Deutschen Nationalbibliografie. Detaillierte bibliografische Daten
sind im Internet auf www.dnb.d-nb.de abrufbar.

FSC
www.fsc.org
MIX
Papier aus verantwortungsvollen Quellen
FSC® C111262

1 2 3 4 5 E D C B A

Originalausgabe

Vermittelt durch die Literaturagentur
im Verlag der Autoren, Frankfurt am Main

Cover- und Innenillustrationen: Meike Hamann
Logodesign: Meike Hamann
Lektorat: Jo Anne Brügmann

Printed in Germany
ISBN 978-3-473-36744-3

www.ravensburger.de

Inhalt

1. Wir tanzen nicht mit Waschbären!

Lele rannte die Weberstraße hinunter. Sie war spät dran. Lächelnd warf sie einen Blick auf den Zettel in ihrer Hand.

Diesen Zettel hatte Lele heute Morgen zwischen Anziehen und Frühstück angefertigt. Den Satz hatte sie irgendwo aufgeschnappt und nicht mehr vergessen. Lele war nämlich eine heimliche Mutmach-Botschafterin, wie sie es nannte. Sie versteckte anonyme Botschaften, die Mut machen sollten, an Orten, wo sie von anderen gefunden werden konnten – und ihnen dann hoffentlich weiterhalfen.

Die Blüten und Blätter waren auch von ihr. Lele liebte es zu zeichnen. Sie kritzelte und malte eigentlich immer und auf alles, was ihr zwischen die Finger kam.

„Leee-le! Was trödelst du denn so?", hörte sie auf einmal eine fröhliche Mädchenstimme rufen.

Das war Cleo, die weiter vorne an der Straßenkreuzung stand und ungeduldig auf Lele wartete. Trotz der frühen Uhrzeit war Cleo bereits putzmunter und rollte schwungvoll auf ihrem Skateboard hin und her.

Elif, die neben Cleo stand, gähnte. Dann rief sie: „Komm schon, Lele! Lauf nicht wie ein Hypnotikum durch die Gegend!"

Cleo lachte. „Hypnotikum? Klingt ja witzig! Wie ein Medikament. Muss ich mir auf jeden Fall merken."

„Heißt auch Schlafmittel", erklärte Elif.

Elif hatte eine Vorliebe für Fremdwörter und

Fachbegriffe.[1] Es war gar nicht so, dass sie sich darum bemühte, extra spezielle Ausdrücke zu verwenden. Sie flogen ihr im Grunde einfach zu und Elif konnte sich Dinge nun mal leicht merken. Darum hatte sie einen sehr großen Wortschatz und vergaß manchmal, dass andere Kinder in ihrem Alter nicht so viele Wörter kannten wie sie. Zu Hause mit ihrem Zwillingsbruder Devin sprach sie nämlich immer so. Aber der war ja auch ähnlich flink im Kopf wie seine Schwester.
„Ich fliege! … also gleich!“, rief Lele, während sie sich suchend umblickte. Gerade kam sie an der Bushaltestelle vorbei. Kurzerhand steckte sie den Zettel in die kleine Lücke zwischen Sitz und Lehne der Wartebank. Dann sprang sie schnell zu ihren beiden Freundinnen, die noch immer an der Straßenecke auf sie warteten.
Die drei Mädchen begrüßten sich wie jeden Morgen mit dem obligatorischen „Pling!“, ihrer ultimativen Begrüßungsformel, bei der sie ihre Hände in die Mitte streckten und gleichzeitig die Finger wie eine Blüte aufspringen ließen. Dann bogen sie gemeinsam in die Fabrikstraße ein.

Vor dem Schultor wurden sie bereits erwartet. Kolja, Loris und Devin saßen auf der Schulmauer und

1 Auf Seite 120 kannst du alle Fremdwörter sammeln, die Elif in diesem Buch benutzt.

sprangen zu Boden, als sie die Mädchen kommen sahen. Loris vollführte dabei ein kleines Kunststück, indem er während des Sprungs seine Beine auf einer Seite hochzog, bevor er landete. Das sah ziemlich cool aus. Aber Loris war ja auch ein wahrer Parkour-Meister.

„Oh, bitte nicht die!“, stöhnte Cleo und rollte mit den Augen.

„Weißt du, was sie von uns wollen?“, fragte Lele Elif, während sie weiter auf das Tor zuliefen.

„Nur weil Devin mein Bruder ist, heißt das leider noch lange nicht, dass er mich in ihre geheimen Vorhaben einweiht“, antwortete Elif. „Ich würde ihm ja auch nie von unseren Plänen erzählen!“

Elif flüsterte, so nah waren sie den Jungs bereits. Nun trat Kolja einen Schritt vor.

„Tanzen oder hinken?“, fragte Lele ihre zwei Freundinnen schnell, ohne Kolja dabei aus den Augen zu lassen.

„Hinken!“, sagte Cleo.

Elif nickte. „Eindeutig: hinken!“

„Oh Mann, glaubt ihr, wir verstehen euch nicht, nur weil ihr Geheimsprache sprecht?!“, meinte Kolja.

„Was haben wir denn gesagt?“, fragte Lele grinsend.

Kolja schnaubte verächtlich. „Jedenfalls“, fing er an, „müssen wir mit euch reden!“

„Sorry“, antwortete Lele, „aber wir reden nicht mehr mit euch, beschlossene Sache!“

Und schon gingen die Mädchen wortlos an den drei Jungs vorbei.

Dass sie nicht mit ihnen reden wollten, hatte seinen guten Grund. Es waren nämlich die Jungs gewesen, die sie letzte Woche verpfiffen hatten, als sie der neuen Referendarin einen kleinen Streich spielen wollten.

Jetzt drehten sie sich nochmals zu den Jungs um und Cleo rief: „Wir tanzen nämlich nicht mit Waschbären!“

„Hä? Was? Spinnt ihr?“, fragte Kolja.

„Wir wollten nur mit euch reden!“, sagte Loris.

„Eben!“ Lele grinste und die drei Mädchen verschwanden lachend im Schulgebäude.

Sie liebten es, in ihrer Geheimsprache zu sprechen. Sie war super einfach zu lernen, aber für Außenstehende fast unmöglich zu verstehen. Die Mädchen hatten nämlich einfach einzelne Wörter oder Ausdrücke durch andere ersetzt. „Tanzen“ hieß zum Beispiel „reden“ und „hinken“ so viel wie „ignorieren“. „Wer hat Lust auf Käsekuchen?“ bedeutete „Achtung, Gefahr!“

Kein Mensch konnte die drei verstehen, wenn er nicht wusste, wofür die Ausdrücke standen, und das, obwohl die Mädchen scheinbar ganz normal miteinander sprachen.[2] Diese Geheimsprache war einfach perfekt für ihren Geheimclub. Denn das waren die drei: ein Geheimclub. Die Idee dazu hatten sie schon in der ersten Klasse gehabt. Dass Kolja, Loris und Devin fast zur selben Zeit ihren eigenen Geheimclub gegründet hatten, war vielleicht ein Zufall gewesen – oder die Jungs hatten es ihnen nachgemacht. Das jedenfalls vermuteten die Mädchen. So oder so: Seitdem waren die beiden Clubs verfeindet!

Langweilig! Lele schaute sich um. Alle anderen rechneten konzentriert an den Aufgaben, die sie zuvor von der Tafel abgeschrieben hatten. Vor allem Elif links neben ihr. Die liebte Mathe. Aber auch Deutsch. Und Bio. Sie war eben das Superhirn ihres Clubs. Aber auch Cleo auf der anderen Seite schien in die Aufgaben vertieft zu sein. Nur Lele hatte heute gar keine Lust auf Mathe! Sie ließ ihren Blick durch den Klassenraum schweifen und blieb an ihrem Klassenlehrer hängen. Lele bemerkte, dass Herr Arnold kaum die Augen offen halten konnte, so sehr kämpfte er wieder einmal mit seiner Müdigkeit. Schließlich gab er auf und sein Kopf sank langsam

2 Eine Liste aller Geheimsprache-Wörter gibt es am Ende des Buches!

nach unten und blieb auf der Tischplatte liegen. Der Arme war eingeschlafen. Seit er Papa geworden war, war er einfach nicht mehr der Alte!

Schnell fischte Lele ein dickes, schön eingebundenes Notizbuch aus ihrem Rucksack. „LwD“ stand in großen Lettern auf dessen Vorderseite. Das war die Abkürzung für „Listen der wichtigen Dinge“ – Leles Erfindung und elementarer Bestandteil des Geheimclubs. Hier notierten sich die Mädchen alles, was sie gerade beschäftigte.

Lele blätterte bis zu einer freien Seite und schrieb in schöner, geschwungener Schrift oben auf das leere Blatt:

SOS aus der Schnarch-Zentrale
oder wie man Lehrerinnen und Lehrer vor dem MÜDIGKEITS-KOMA retten kann

Lele kicherte, dann schob sie das Heft zu Cleo rüber, die unterdessen auch mit dem Rechnen aufgehört hatte und sich sofort darüberbeugte.
Cleo überlegte kurz, dann schrieb sie:

Jeden Tag 10 Energydrinks!
(Meine große Schwester schwört darauf.)

Lele grinste und schrieb darunter:

Nur noch stehend unterrichten und dabei nie aufhören, Gymnastikübungen zu machen! Und eins und zwei ...

Sie schob das Heft weiter zu Elif, die unterdessen fertig mit den Aufgaben war und ihren Freundinnen unauffällig ihr Matheheft zum Abschreiben zusteckte. Elif überflog rasch die schon geschriebenen Zeilen und fügte hinzu:

Ein elektronisches Zwick-Gerät, das sie oder ihn am Einschlafen hindert. Erhältlich als Armband oder für die Fesseln (das ist die Stelle zwischen Bein und Fuß).

VON der SCHNARCHHEXE geküsst – Welche Frisur würdest du deinem schlafenden Lehrer **verpassen**?

Inzwischen hatten immer mehr ihrer Mitschüler bemerkt, dass Herr Arnold eingenickt war. Erste Papierkügelchen flogen durch die Luft und der Lärmpegel stieg rasant an.
Plötzlich landete genau vor Lele ein Fußball auf dem Tisch.
„He!", rief sie empört.
In ihrem Rücken hörte sie Kolja, Loris und Devin kichern. Lele rollte mit den Augen. Aber gerade als sie aufgestanden war, um den Ball zurückzuwerfen, wachte Herr Arnold wieder auf.
„Leonie! Setzen!", rief der Klassenlehrer und Lele musste sich unverrichteter Dinge wieder auf ihrem Stuhl niederlassen. Sie drehte sich um und blickte in die grinsenden Gesichter der drei Jungs.
„Den kriegt ihr so schnell nicht wieder!", drohte sie und ließ den Ball unter ihrem Tisch verschwinden.
Aus den Augenwinkeln sah sie, wie die Jungs anfingen, wild zu gestikulieren.
„Was denn noch?", zischte Lele genervt und etwas zu laut.
„Letzte Ermahnung, Leonie Lemke", hörte sie Herrn Arnold sagen, der gerade angefangen hatte, die Lösungen der Rechenaufgaben an die Tafel zu schreiben.
Lele machte eine beschwichtigende Handbewegung und unterdrückte ein Lachen. Sie mochte Herrn Arnold wirklich gerne, aber sie konnte ihn manchmal einfach nicht ganz ernst nehmen. Wenn er beispielsweise versuchte, streng zu sein,

sprach er mit extratiefer Stimme. Leider wirkte das eher lustig als furchteinflößend. Trotzdem würde sie nun besser still sein, denn es wäre nicht das erste Mal, dass Herr Arnold sie nachsitzen ließ, obwohl sie gar nichts getan hatte.
Es war ja nicht so, dass Herr Arnold nicht versuchen würde, gerecht zu sein. Er erwischte einfach häufig die Falschen. Und das war oft genug Lele. Doch gerade als sie sich wirklich fest bemühte, Herrn Arnolds Ausführungen zu folgen, fiel Leles Blick auf einen Zettel, der mit Klebeband am Fußball befestigt worden war. Unauffällig riss sie ihn vom Ball, faltete ihn auf und las:

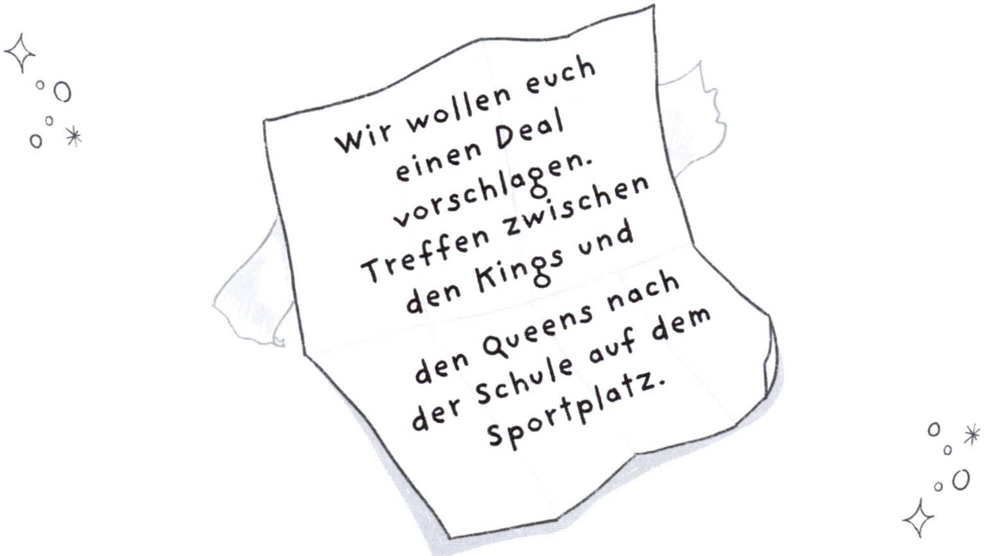

Vorsichtig drehte sich Lele noch einmal um und sah zu Kolja, der ihr wortlos zunickte. Lele nickte stumm zurück und drehte sich möglichst lässig wieder um. Als sie sicher war, dass Herr Arnold nicht zu ihr schaute, zeigte sie den Zettel Cleo und Elif. Die drei Mädchen tauschten kurze, diskrete Blicke miteinander aus.
Weil Lele merkte, dass die Mitschüler neben ihnen interessiert die Ohren spitzten – sie hatten wohl die Zettelübergabe mitbekommen – flüsterte sie: „Ich hab so Lust auf Knusperkekse!"
Das war das Signal, in die Geheimsprache zu wechseln. Die anderen zwei begriffen sofort.
„Wer hat Lust auf Käsekuchen?", fragte Elif.
„Sternschnuppe", murmelte Cleo.
„Fische fangen", raunte Lele.
„Eine *allerletzte* Mahnung, Leonie!", rief Herr Arnold und Lele presste schnell ihre Lippen zusammen und nickte eifrig.

Der Rest der Stunde verlief ruhig. Aber Lele war nicht bei der Sache. In ihrem Kopf schwirrte die Frage herum, was die Kings bloß von ihnen wollen könnten. Um sich abzulenken, blätterte sie in ihrem LwD-Buch und blieb beim allerersten Eintrag hängen:

Warum unser CLUB der spektakulöseste, exquisiteste, exorbitant-fulminanteste, brillanteste, gigantischste CLUB der WELT ist

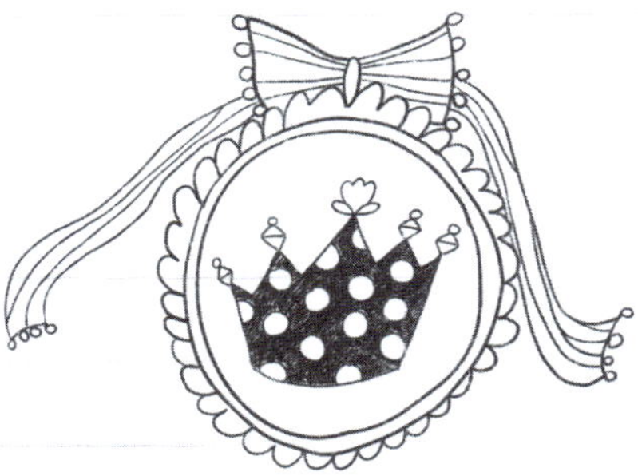

Unsere Geheimsprache ist das Beste!

Stimmt! Und unser geheimes Hauptquartier!

Weil es schön ist, mit euch Dinge zu erleben und sich später zusammen daran zu erinnern und sich darüber zu freuen!

Weil wir die beste Skateboarderin weit und breit im Club haben!

Weil wir das klügste Köpfchen weit und breit im Club haben!

Weil wir die mit den meisten und besten Ideen im Club haben!
Weil wir alles miteinander teilen können.
Auch wenn wir uns mal nicht gut fühlen!

Lele lächelte. Dann musste sie wieder an das bevorstehende Treffen mit den Kings denken. Eine Mischung aus Vorfreude, Spannung und Angst überkam sie. Bald war Schulschluss, dann würde sie mehr wissen!

Welche Menschen magst du GANZ BESONDERS und warum?

Ich mag meine Mama gerne weil ich sie Lieb habe.

Nina weil wir Bff sind

Lars / Niels es sind meine Brüder

Und Svea weil wir uns noch <u>nie</u> gestritten haben.

2. Cool bei den Kings

Als Lele, Cleo und Elif auf dem Sportplatz ankamen, hatten sich die Kings bereits in einer Reihe aufgestellt – wie für ein Duell!
Sofort brachten sich auch die Mädchen in Position: Breitbeinig, mit verschränkten Armen und die Augen zu Schlitzen zusammengekniffen stellten sie sich gegenüber von den Jungs auf. Denn natürlich hatten sie schon vor langer Zeit genau für solche Situationen eine Liste angefertigt:

ULTRACOOL!

Und wann man das gar nicht sein muss ...

Wie man cool rüberkommt:

* Aufrecht stehen!
* Sich breit und groß machen!
* Sonnenbrillen! Sonnenbrillen helfen in jeder Situation!
* Vor allem Sonnenbrillen mit dunklen Gläsern, bei denen niemand deine Augen sehen kann. Keine Augen sichtbar = keine Ahnung, ob du Angst hast oder nicht!
* Mit der Zunge schnalzen und gleichzeitig die Augen verdrehen!
* Cooler Blick (Lachen verboten!)

Die Liste hatte einen zweiten Punkt:

In welchen Situationen es wichtig ist, cool rüberzukommen:

* vor Lehrern, wenn sie einen vor der ganzen Klasse blamieren
* vor Eltern, wenn sie mit einem schimpfen
* vor allen Erwachsenen, die einem erklären wollen, was man zu tun hat, nur weil man ein Kind ist und sie nicht mehr
* vor allen Kindern, die man nicht gut kennt
* immer, wirklich immer vor unseren Erzfeinden: den Kings!

Darunter war sogar noch ein dritter Punkt:

Weltbeste Freundinnen und bei wem (oder wann) man außerdem gar nicht cool rüberkommen muss:

* Bei allen richtigen Freunden. Weil sie sonst gar nicht sehen, wie es einem wirklich geht.
* bei den Eltern (gleicher Grund wie oben)
* Wenn man wirklich Hilfe braucht. Dann ist es besser, nicht cool zu tun, sondern jemanden um Hilfe zu bitten.
* Wenn man merkt, dass die andere Person auch Angst hat oder sich schämt oder was auch immer. Dann kann man sich nämlich lieber zusammentun!

SONNENBRILLEN ODER KOALATATTOOS – was findest du cool?

Jetzt gerade wollten die Mädchen vor den Kings so cool wie nur möglich rüberkommen.
Mit hoch erhobenem Kopf musterte Lele die Jungs der Reihe nach und fragte so lässig, als hätte sie eine Sonnenbrille mit verdunkelten Gläsern auf der Nasenspitze:
„Also, was wollt ihr?"

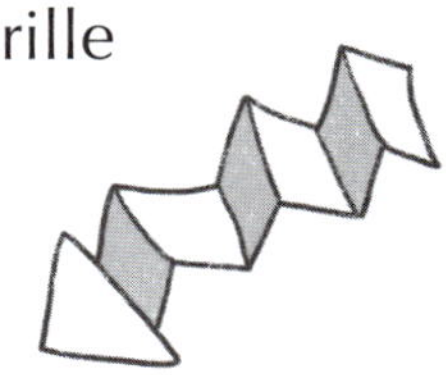

Kolja stemmte die Arme in die Hüften. „Wir wollen euch einen Tausch vorschlagen: euer Dach gegen unser Geheimversteck."
„Unser Dach?!", fragte Lele überrascht. „Woher ...?"
Ihre Gedanken rasten. Woher wussten die Jungs, dass das Dach das Geheimversteck der Queens war? Irritiert tauschte sie kurze Blicke mit Cleo und Elif aus.
Elif hob sofort abwehrend ihre Hände, um zu signalisieren, dass sie unschuldig war. Als Zwillingsschwester von Devin stand sie leider unter Generalverdacht, wenn es darum ging, dass geheime Club-Angelegenheiten ausgeplaudert worden waren. Immerhin verstand sie sich eigentlich total gut mit ihrem Bruder – mal abgesehen von ihrer Mitgliedschaft in verfeindeten Geheimclubs.
„Tja", Kolja grinste, „da staunt ihr, was?"
„Ich sag nur: Spionage!", ergänzte Loris.
„Mist!", murmelte Lele. Sie waren doch *so* vorsichtig gewesen, damit niemand ihr Versteck entdeckte – und nun das!

„Also? Was ist?", fragte Kolja ungeduldig.
„Was habt ihr uns denn als Tauschobjekt anzubieten?", fragte Lele zurück.
Kolja räusperte sich. Dann sagte er mit ausladender Geste: „Unser eigenes Geheimversteck. Nichts Geringeres als ein ganzes Kellerabteil!"

Die Jungs warteten vergebens auf eine Antwort. Stattdessen kassierten sie einen gigantischen Lachanfall der Mädchen.
„Du meinst ein dunkles, miefiges Loch gegen unser Freiluft-Paradies?! Niemals!", sagte Lele. Und Cleo und Elif stimmten ihr sofort zu.
„Dann werden wir euer Versteck eben Hausmeister Würgler verraten!", drohte Kolja und blickte sie triumphierend an.
Augenblicklich hörten die Mädchen auf zu lachen.
Hausmeister Würgler war zusammen mit seiner Frau für die gesamte Siedlung zuständig, also auch für die Häuser, in denen Lele, Cleo, Elif, Devin, Loris und Kolja wohnten – und für das Dach, wo das Geheimversteck lag. Wenn die Jungs das wirklich tun würden, dann wäre es mit einem Schlag vorbei mit ihrem schönen Clubquartier. Doch ihr Geheimclub wäre nicht der beste der Welt, gäbe es darin nicht Elif mit ihrem umwerfend scharfen Verstand.
Sie sagte nämlich nun ganz gelassen: „Das würde ich mir

an eurer Stelle aber zweimal überlegen. Dann ist das Dach nämlich auch für euch verloren. Für immer und ewig!"
„Ha!", rief Cleo.
„Mist!", murmelte Kolja und man konnte ihm ansehen, dass er sich den Verlauf dieser Unterhaltung anders vorgestellt hatte. Für einen Moment schienen die Jungs nicht mehr weiterzuwissen.
„Dann werden wir uns das Dach eben erobern!", rief Loris nach einer Weile.
„Genau. Veni, vidi, vici[3], versteht ihr?", sagte Devin und grinste seine Schwester herausfordernd an. Auch er konnte sich Sachen leicht merken – sogar, wenn es sich dabei um lateinische Sprichwörter handelte.
„Das habt ihr nun davon", rief Kolja zufrieden. „Wir werden euch das Dach einfach abluchsen!"
Die Jungs lachten, gaben sich High Five und liefen davon. Lele, Cleo und Elif blieben fassungslos zurück.
„Was war das denn bitte gerade?", murmelte Cleo.
Lele blickte den drei Jungs kopfschüttelnd hinterher. „Das war eine regelrechte Kampfansage!"

3 Das ist Latein und heißt: „Ich kam, ich sah, ich siegte." Es soll sich um ein Zitat des römischen Staatsmannes und Feldherren Gaius Julius Caesar handeln.

3. Ein fieser Überraschungsangriff

Grübelnd und mit hängenden Köpfen trotteten die Mädchen nach Hause. Die fiese Drohung der Kings mussten die Queens erst mal verdauen. In dieser Situation aufs Dach zu gehen, war bestimmt keine gute Idee. Wer wusste, ob die Kings nicht auf der Lauer lagen? Besser, sie drehten den Spieß um und versuchten herauszubekommen, was der Plan der Jungs war!

An der Kreuzung zwischen der Weberstraße, an deren hinteren Ende Lele und an deren Anfang Cleo wohnte, und der Fabrikstraße, wo Elif zu Hause war, verabschiedeten sie sich mit dem obligatorischen „Pling!“ voneinander und verabredeten sich für den Nachmittag.

Kurz nach zwei Uhr trafen sich die drei Mädchen an derselben Stelle wieder. Lele und Cleo hatten sich gerade begrüßt, da kam auch schon Elif angesaust.

„Ich weiß, wo sie hin sind!“, rief sie strahlend.
Dann erzählte sie, dass sie ihrem Bruder Devin unauffällig gefolgt war und gesehen hatte, wie er zusammen mit den anderen beiden Jungs in der Weberstraße 23 verschwunden war.

Kurz darauf schlichen die Mädchen an der Hauswand der Weberstraße 23 entlang. Auf Fußhöhe waren schmale Fenster eingelassen. Die Kellerfenster. Die Mädchen lugten durch die dunklen, verdreckten Scheiben und spitzten die Ohren. Auf einmal blieb Lele stehen, legte ihren linken Zeigefinger auf die Lippen und deutete mit der anderen Hand auf ein gekipptes Fenster. Tatsächlich: Durch die Öffnung hörten sie die Stimmen der Jungs.
Die Mädchen mussten sich das Lachen verkneifen. Leise knieten sie sich vor dem Fenster auf den Boden und lugten hinein.
Die Kings saßen schlecht gelaunt in ihrem Kellerabteil und stritten sich darum, wer auf dem einzigen Sessel im Raum sitzen durfte.
„Ne Runde zocken?“, fragte Kolja und nahm den Joystick einer alten Spielkonsole in die Hand.
„Keinen Bock!“, meinte Loris.
„Ach plötzlich?“, fragte Kolja.

Devin zuckte mit den Schultern: „Als wir den Raum hier so unverschlossen und anscheinend ohne Besitzer gefunden hatten, da war ja noch alles toll. Vor allem, dass die Spielkonsole einfach so hier rumlag.“
„Die Konsole ist doch ’n Teil aus dem letzten Jahrhundert“, nölte Loris jetzt.
Nun stellte sich Kolja vor seine Freunde. „Mann echt, wisst ihr nicht mehr? Wir haben hier unten tagelang nur gezockt, Tonnen von Chips gefuttert und gesagt, das hier sei der Himmel auf Erden!“

„Ja, natürlich, der Raum *war* toll“, meinte nun wieder Devin. „Damals im Winter. Aber jetzt scheint draußen die Sonne und wir sitzen hier im Dunkeln fest. Schaut mal, es tropft schon wieder!“
Die drei blickten genervt zu einem Rohr an der Decke hoch und die drei Mädchen draußen vor dem Fenster duckten sich schnell weg.
Kolja legte seufzend den Joystick beiseite. „Ich hab doch auch keinen Bock mehr auf dieses Loch!“
„Da! Schon wieder die Ratte!“, rief nun Devin und Loris sprang auf.
„Mann, mir reicht’s jetzt! Ich habe keine Lust mehr, hier rumzugammeln! Worauf warten wir eigentlich noch? Wir wollten doch das Dach erobern!“

„Dafür brauchen wir aber zuerst einen Plan“, warf Devin ein. „Respektive: Wir müssen herausfinden, wie die Queens da hochkommen. Vorher macht ein Angriff keinen Sinn!“

„Stimmt! Wir müssen sie ausspionieren“, sagte Kolja. Er überlegte kurz, dann sprang er vor Freude in die Luft. „Und ich weiß auch schon wie!“ Sofort war er wieder guter Laune und grinste sein freches Kolja-Grinsen.

Die Mädchen draußen vor dem Fenster schauten sich alarmiert an.

„Schnell! Aufs Dach!“, flüsterte Lele und augenblicklich rannten die drei davon.

Ungeduldig warteten Lele und Elif vor Cleos Wohnungstür. Cleo lebte mit ihrer Mama und ihrer älteren Schwester Joya im obersten Stock des zweiten Mietshauses in der Weberstraße und sie war es gewesen, die auf dem Dachboden die offene Fensterluke zum Flachdach entdeckt hatte. Hausmeister Würgler hatte offenbar vergessen, die Luke wieder richtig zu schließen, nachdem er auf dem Dach nach den Solaranlagen geschaut hatte – was er höchstens einmal im Jahr tat. Cleo jedenfalls hatte sogleich ihre beiden Freundinnen informiert und nachdem sie die Luke gründlich inspiziert hatten, war klar: Das Dach musste ihr Hauptquartier werden!

Leider hatte Herr Würgler die Leiter nicht auch vergessen und die Distanz bis zum Dachfenster war so groß, dass die Mädchen ohne Hilfsmittel keine Chance hatten, hinaufzugelangen. Schließlich war Cleo die alte Strickleiter eingefallen, die sie zu Hause herumliegen hatte, und schon war das Problem der Dach-Ersteigung gelöst gewesen.

Mit dieser Strickleiter unter dem Arm kam Cleo nun aus ihrer Wohnung und stieg das Treppenhaus bis ins Dachgeschoss hoch. Lele und Elif folgten ihr. Routiniert schwang Cleo den Strick in die Luft und schon verfing sich der daran befestigte Eisenring am Fenstervorsprung.
Cleo zog daran. „Hält!", stellte sie fachmännisch fest.
Nun war Lele an der Reihe. Während Elif den unteren Teil der Strickleiter festhielt, kletterte sie flink die Leiter hoch, zog einen Schlüssel aus ihrer Hosentasche, schloss das Vorhängeschloss auf und öffnete die Luke. Schon schlüpfte sie durch das Fenster und verschwand.
Jetzt war Elif dran und Cleo hielt die Leiter für sie.
Auch sie war in wenigen Augenblicken oben und durch die Luke verschwunden.
Als Letzte kletterte Cleo hoch. Da unten niemand mehr die Leiter hielt, war das eine wackligere Angelegenheit als bei den anderen beiden. Aber Cleo war ja nicht von

ungefähr die beste Skateboardfahrerin weit und breit. So ein wenig Hin- und Herschwingen auf einer Strickleiter war eine Kleinigkeit für sie. Flugs war auch sie oben, kroch aufs Dach, zog die Leiter nach und schloss die Luke.

Oben auf dem Dach schien alles so friedlich wie eh und je zu sein. Jedenfalls war weit und breit kein Hinweis auf einen möglichen Angriff der Kings erkennbar. Trotzdem waren die Mädchen auf der Hut, als sie anfingen, ihre Pflanzen zu gießen. Die Queens hatten sich mit der Zeit einen richtigen kleinen Garten auf dem Dach angelegt. In farbigen Blumenkästen sprossen fröhlich Basilikum, Thymian, Kresse, Rosmarin und Pfefferminze neben kleinen, runden Walderdbeeren. Die Mädchen hatten selbst beschriftete Namensschilder gebastelt, um die Kräuter auseinanderhalten zu können. Die steckten nun in der Erde, wind- und regenfest dank dem Laminiergerät von Leles Mama. Mittlerweile wussten sie aber auch ohne Schilder, wie die Pflanzen hießen – und vor allem, wie sie schmeckten! Die Mädchen bereiteten nämlich eigene Limos daraus zu. Sie hatten schon eine ganze Sammlung an Limo-Rezepten, aber am leckersten – da waren sie sich einig – war ihre vollkommen-fantastische Club-Limo:

Rezept für eine vollkommen-fantastische Club-Limo

- 1 Liter Wasser
- Saft einer ausgepressten Zitrone
- 1 Zweig Rosmarin
- 3-4 Blätter Basilikum
- 1-2 Blätter Pfefferminze (mögen nicht alle)
- 2-3 Löffel Agavendicksaft oder Ahornsirup
- ein paar Beeren, falls vorhanden

Alles in einen Krug füllen, gut umrühren, fertig!

Während Cleo mit der Zubereitung der Limo beschäftigt war und Elif Beeren pflückte, machte sich Lele an ihr neustes Projekt: eine selbst gezogene Avocado-Pflanze. Schon vor Wochen hatten die Mädchen mit den Vorbereitungen begonnen. Sie hatten alles genau so gemacht, wie es Leles Mama ihnen erklärt hatte. Lele hatte es zur Sicherheit in ihrem Bandenbuch notiert:

Grüner Daumen:
Tipps für eine Avocado-Pflanze

Avocado-Kern trocknen lassen und braune Haut abziehen.
Drei Zahnstocher in den Kern bohren.
Kern mit spitzer Seite nach oben so in ein Wasserglas legen, dass unterer Teil mit Wasser bedeckt wird (Zahnstocher halten den Kern in der Luft).
Kern ca. 4 Wochen an einem dunklen, warmen Ort aufstellen und Wasser regelmäßig austauschen.
Sobald die Wurzeln sprießen, den Kern in einen Topf mit Erde umpflanzen und an sonnigen Ort stellen. Oberer Teil soll noch aus der Erde herauslugen. Topf mit einer durchsichtigen Plastiktüte oder einem Glassturz abdecken, um genug Luftfeuchtigkeit zu erzeugen.

Aus dem Avocado-Kern ragte unterdessen ein kleiner Keimling mit ein paar wenigen zarten, grünen Blättern. Vor ein paar Tagen hatten die Mädchen beschlossen, dass nun die Zeit gekommen war, um den Topf mit nach oben zu nehmen. Immerhin war Sommer und die kleine Pflanze mochte Wärme. Der Avocado schien es gut zu gehen.
Lele gab ihr ein wenig Wasser und stellte einen Mini-Sonnenschirm auf, den die Mädchen extra für die Pflanze besorgt hatten.
Dann zupfte sie ein paar Blüten von ihren Blumen. Blumen hatten die Mädchen nämlich auch, sogar besondere, denn alle waren essbar: Ringelblumen, Borretsch und Kapuzinerkresse.

Cleo füllte die angerührte Limo in drei Gläser, Elif ließ ein paar Beeren hineinfallen und Lele verzierte jedes Glas mit einer Blüte. Drei Strohhalme kamen dazu, fertig!
Die Mädchen stießen an und fläzten sich in ihre Kissen. Sie hatten sich hier oben nämlich nicht nur einen eigenen kleinen Garten geschaffen, sondern auch eine ultimativ-gemütliche Wohlfühlzone mit Kissen, Decken und einem großen Sonnenschirm.
„Mmh! Lecker!", sagte Elif.

Lele zog ebenfalls genüsslich an ihrem Strohhalm, blinzelte in die Sonne und meinte: „Eigentlich müssen wir uns wegen den Kings doch gar keine Sorgen machen. Was sollen die uns schon tun?"
„Genau!", rief Cleo. „Solange sie den Schlüssel zum Vorhängeschloss nicht in die Finger kriegen, haben sie doch eh keine Chance hier hochzukommen."
„Seh ich auch so", sagte Elif. „Hätte Koljas angeblicher *Plan* funktioniert, hätten wir schon lange was von denen gehört!"
Damit war die Sache für die Mädchen vorerst abgehakt und sie wendeten sich ihrem LwD-Buch zu. Ein wichtiger Eintrag stand bevor. Die drei Freundinnen schrieben nämlich jede Woche ihre Tops und Flops auf.

TOPS und FLOPS der WOCHE

Leles Flop der Woche:
Mama will mir immer noch kein Smartphone kaufen, obwohl ich mir so viel Mühe beim Gute-Gründe-Suchen gegeben habe!

Leles Top der Woche:
dass wir gestern frei hatten, weil Frau Sander (die neue Referendarin) alle Unterrichtsmaterialien zu Hause vergessen hatte und dann so einen Blackout hatte, dass sie die Klasse nach Hause geschickt hat.

Cleos Top der Woche:
siehe Leles Top der Woche

Elifs Top der Woche:
Dito (das heißt „ebenso"). Und das, obwohl ich ja wirklich gerne zur Schule gehe! (Aber Unterricht bei Frau Sander finde ich auch doof ...)

Deine TOPS und FLOPS der letzten Zeit

Es sind Sommerferien
Nächstes Wochenende fahr ich zu meinen Brüdern.

Ich musste die 4C verlassen (nach den Sommer ferieen neue Schule)

Immer früh aufstehen
was für die Schule tuhen

Während Cleo und Elif noch über ihre Flops der Woche nachdachten, war plötzlich ein lautes Surren zu vernehmen. Verwundert hoben die Mädchen ihre Köpfe.

„Was ist das denn für ein Lärm?!“, fragte Cleo.

„Da fliegt was auf uns zu!“, sagte Lele.

Tatsächlich bewegte sich ein dunkles, gefährlich aussehendes Objekt in ihre Richtung.

„Eine Drohne!“, rief Elif.

In diesem Moment kam die Drohne auch schon auf ihrer Höhe an und begann, über ihren Köpfen zu kreisen.

„Ich fass es nicht! Die wollen uns ausspionieren!“, zischte Lele.

„Psst!“, flüsterte Elif. Und dann: „Ich hab so Lust auf Knusperkekse!“

Die Mädchen wechselten zur Sicherheit in ihre Geheimsprache. Denn wenn die Jungs eine Drohne hatten, die filmen konnte, dann konnten sie sie damit vielleicht auch belauschen!

„Warum stinkt es hier so?“, fragte Cleo.

Lele zuckte mit den Schultern. „Aber erst mal: Riesenrad-Skifahren!“

Die Mädchen sprangen auf, nahmen ihren Sonnenschirm und hielten ihn über sich und die Dachluke. So konnten sie darunter in aller Ruhe ihre Kletterleiter auspacken und hinabsteigen, ohne dass man von oben sehen konnte, was unter dem Schirm vor sich ging. Bevor sie das Dach verließen, reckten sie noch einmal ihre Köpfe unter dem Sonnenschirm hervor, grinsten in Richtung Drohne und streckten ihre Zungen raus.

4. Blätter-Chaos und Delfinbefreiung

„So macht es auf dem Riesenrad jedenfalls keinen Spaß mehr", flüsterte Cleo, als sie am nächsten Vormittag wieder nebeneinander im Klassenzimmer saßen.

„Ich würde ja nur zu gerne wissen, woher sie auf einmal diesen Delfin haben", murmelte Lele.

„Delfin?", fragte Elif leise.

„Ach, ganz vergessen", meinte Lele. „Was haltet ihr davon, die Drohne Delfin zu nennen?"

Die anderen beiden Mädchen nickten und grinsten.

Plötzlich stand Frau Sander, die Referendarin, mit hochrotem Kopf vor Lele und wedelte wild mit ihrem Zeigefinger vor ihrer Nase herum. „So nicht! So geht das wirklich nicht, Leonie! Könnt ihr nicht mal still sein? Warum könnt ihr nicht einfach mal still sein wie normale Menschen?!"

Lele hob ihre Schultern. „Vielleicht, weil wir Kinder sind?"
Die Klasse kicherte und Frau Sander schüttelte noch verzweifelter den Kopf. Dann begann sie hektisch, einen Stapel Arbeitsblätter zu verteilen, wobei sie feststellte, dass die Seitenzahlen nicht in der richtigen Reihenfolge waren. Sie kniete sich auf den Boden und begann, die Blätter neu zu sortieren. Dabei entstand aber nur ein noch größeres Blätter-Chaos. Die Schüler begannen zu murmeln.
Lele flüsterte: „Jedenfalls: Wir müssen den Delfin …"
Weiter kam sie nicht. Frau Sander, auf dem Fußboden kniend und mit Blättern um sich werfend, rief: „Jetzt reicht's, Leonie! Setz dich in die letzte Reihe!"
„Echt jetzt?", fragte Lele überrascht. „Alle anderen haben auch geredet!"
„Sofort! Oder ich rufe euren Klassenlehrer!", schrie Frau Sander.

Unter dem Gekicher von Kolja, Loris und Devin verzog sich Lele auf den leeren Platz in der hintersten Reihe.
Mensch, die Sander übertrieb mal wieder total! Lele blätterte ihr LwD-Buch auf, schrieb eine neue Überschrift hinein und fing an, die Liste auszufüllen:

Absolut ungerechtfertigtes VERSETZEN und wann Lehrerinnen und Lehrer sonst noch so richtig NERVEN:

- Wenn sie nicht verstehen, dass es manchmal Wichtigeres als Unterricht gibt. (Jetzt zum Beispiel!)
- Wenn sie glauben, alles besser zu wissen. (Von manchen Dingen haben Lehrer nun mal einfach keine Ahnung. Zum Beispiel vom Innenleben von Kindern!)
- Wenn sie todlaaaangweilige Arbeitsblätter verteilen.

Alle Lehrer auf MARSMISSION – was **NERVT** dich in der Schule?

MANCH Mal Hausaufgaben

Sonst Nichts

Lele betrachtete das Bündel Arbeitsblätter, das Frau Sander gerade vor ihr auf den Tisch gelegt hatte, warf einen kurzen Blick darauf und schob es zur Seite. Es war ja nicht so, dass sie nicht gerne zur Schule ging. Sie wollte was lernen, wirklich! Sie mochte nur einfach keine langweiligen Arbeitsblätter. Abgesehen davon war sie mit den Gedanken sowieso die ganze Zeit beim Delfin. Eins war klar: Damit sie das Dach wieder ungestört genießen konnten, mussten die Queens was unternehmen. Ganz nach dem Motto: „Angriff ist die beste Verteidigung". Das war auch so ein Spruch, den Lele mal irgendwo gelesen hatte. Sie nahm eines von Frau Sanders Arbeitsblättern und begann, mit schöner, geschwungener Schrift auf dessen Rückseite zu schreiben. Dann faltete sie es sorgfältig zusammen.
Als sie in der nächsten Stunde mit Frau Sander in die Schulbibliothek gingen, um gemeinsam die neuen Deutschbücher abzuholen, zog Lele das gefaltete Arbeitsblatt aus ihrer Hosentasche und versteckte es unauffällig im obersten Regal zwischen zwei Büchern.

Auf dem Nachhauseweg konnten die Mädchen endlich weiter besprechen, was sie gegen die Drohnen-Plage tun wollten, wobei sie sich immer wieder umblickten, um sicherzugehen, dass die Kings

ANGRIFF
ist die beste
VERTEIDIGUNG

sie nicht verfolgten. Die Jungs wohnten immerhin alle im nächsten Umkreis der Weberstraße, da lief man sich auf dem Schulweg fast zwangsläufig über den Weg.
„Also dann ist das beschlossene Sache?“, fragte Lele.
„Ja, klar!“, rief Cleo.
„Genau. Operation Delfinbefreiung startet jetzt!“, sagte Elif und die drei streckten ihre Hände für den Queens-Gruß aus: Pling!

Nach dem Mittagessen trafen sich die Mädchen an der Kreuzung und liefen gemeinsam zum Anfang der Weberstraße. Dort wohnte, schräg gegenüber von Cleos Haus, Kolja mit seiner Familie.

„Los, schnappen wir uns den Delfin!“, rief Cleo und fuhr auf ihrem Board voraus.
Die Mädchen waren sich sicher, dass die Drohne Kolja gehörte. Sie hatten nämlich mitbekommen, wie er in der großen Pause damit angegeben hatte.
Kurz vor Koljas Haus blieben sie stehen, versteckten sich auf der gegenüberliegenden Straßenseite hinter einem Gebüsch und ließen das Gebäude nicht mehr aus den Augen. Nur wenige Minuten später kam Kolja tatsächlich aus der Haustür gerannt.

„Er ist zu spät!“, flüsterte Elif mit Blick auf ihre

Armbanduhr. „Devin hat gesagt, sie würden sich um Viertel nach zwei auf dem Bolzplatz treffen."
„Dann haben wir ab jetzt sicher knappe zwei Stunden Zeit. Los geht's!", meinte Lele.
Die drei traten hinter dem Gebüsch hervor und klingelten kurz darauf an der Tür von Koljas Erdgeschosswohnung. Koljas Vater öffnete. Er sah ein wenig mitgenommen aus. An seinem linken Bein klebte Koljas fünfjähriger Bruder Liam und hinter seinem Rücken zogen sich Leo und Mia schreiend an den Haaren. Das waren die anderen beiden jüngeren Geschwister von Kolja. Mia war sechs und Leo sieben Jahre alt. Lele, Elif und Cleo wussten, dass sich Koljas Eltern beim Zuhausebleiben abwechselten. Offensichtlich war heute Papa-Tag.
„Kolja ist nicht da", sagte sein Vater erschöpft.
Das war Leles Stichwort: „Ach herrje, wie blöd!", rief sie und tat so, als ob sie total überrascht wäre. „Dabei hatten wir uns doch verabredet."

„Wir müssen nämlich zusammen an einem Bio-Projekt arbeiten", ergriff nun Elif das Wort.

„*Ihr* mit Kolja?", fragte Koljas Vater verwundert und die Mädchen nickten eifrig.
„Und nur Kolja hat die Notizen dazu", erklärte Cleo.
„Was machen wir denn jetzt?", übernahm nun wieder Lele.
„Wir brauchen doch *dringend* die Unterlagen!"

Die drei Mädchen setzten ganz verzweifelte Gesichter auf. Das zeigte Wirkung: „Na, dann kommt halt rein und sucht selber, was ihr braucht. Geradeaus, zweite Tür links." Koljas Vater hielt die Tür auf und die Mädchen schlüpften schnell in die Wohnung.

Während sie Koljas Kinderzimmer betraten, hörten sie seinen Vater hinter sich seufzen: „Und dabei habe ich ihn doch drei Mal gefragt, ob er wirklich schon alle Hausaufgaben erledigt hat ..."

Lele wollte gerade die Tür zu Koljas Zimmer schließen, damit sie in Ruhe nach der Drohne suchen konnten, da standen plötzlich Leo, Mia und Liam im Türrahmen und blickten sie neugierig an.

„Was?", fragte Lele.

Die Kinder zuckten mit ihren Schultern.

„Uns ist langweilig!", sagte Mia.

„Dann geht spielen!" Lele wurde langsam ungeduldig.

„Okay!", sagte der kleine Liam und setzte sich auf den Fußboden. Die zwei anderen setzten sich dazu und sie begannen, mit Legosteinen zu hantieren.

„Habt ihr keine eigenen Zimmer?", fragte Lele und merkte, dass sie nervös wurde.

„Das *ist* mein Zimmer!", sagte Leo. „Also auch meins. Koljas und meins."

„Mist!", murmelte Lele und blickte ihre zwei Freundinnen fragend an.
„Warum stinkt es hier so?", fragte Cleo.
Lele zuckte mit den Schultern. „Wir müssen irgendwie … Lebertran trinken."
„He!", rief Mia. „Was redet ihr denn so komisch?"

„So sprechen ältere Kinder nun mal miteinander. Das versteht ihr bloß noch nicht", erklärte Lele und sie, Cleo und Elif mussten sich das Lachen verkneifen.
Dann taten sie so, als ob sie nach Koljas Unterlagen suchen würden, während sie eigentlich nur angestrengt überlegten, wie sie die Kleinen loswerden konnten.
„Abrakadabra!", rief Elif schließlich.
„Cleo … willst du nicht … einen Cupcake … du weißt schon … mit den dreien …?", fragte sie und nickte in Richtung von Koljas Geschwistern.
Cleo runzelte die Stirn, doch dann kapierte sie. „Ach so! Ja klar!", sagte sie und beugte sich zu den spielenden Kindern hinunter. „Also … falls euch noch immer langweilig ist, könnte ich euch draußen ein paar Tricks auf meinem Skateboard zeigen. Na, was haltet ihr davon?"

Der kleine Liam sprang sofort auf. „Oh ja!"

Wenige Minuten später unterhielt Cleo die drei Kleinen vor dem Haus mit ihren Skate-Kunststücken, während Elif und Lele so leise wie möglich Koljas Zimmer auf den Kopf stellten. Sie lugten unter sein Bett, auf seinen Schrank, in seine Kommode und hinter den Vorhang – aber weit und breit war keine Drohne zu sehen.
Dann standen plötzlich Koljas Geschwister wieder im Kinderzimmer, gefolgt von Cleo, die genervt den Kopf schüttelte. „Sie wollen lieber wieder Lego spielen."
Lele und Elif blieb nichts anderes übrig, als ihre Suche aufzugeben.
Unverrichteter Dinge schlurften sie Richtung Ausgang und wollten gerade Koljas Vater, der in der Küche stand, ein „Tschüss" zurufen, da fingen Leles Augen an zu leuchten. Dort, oben auf der Hutablage neben dem Eingang, lag sie: die Drohne.
Die Mädchen gaben sich wortlos ein Zeichen. Dann ging Lele zu Koljas Vater in die Küche, während Cleo mit ihren Händen eine Räuberleiter für Elif formte, die ihren Fuß hineinsetzte und sich Richtung Drohne ausstreckte.

Inzwischen hatte Lele Koljas Vater in ein Gespräch verwickelt, um zu verhindern, dass er zufällig aus der Küche schaute. Nach wenigen Minuten hörte sie auch schon Cleos Stimme aus dem Flur: „Lele, wo bleibst du denn? Und tschüss, Herr Rau!“

„Wiedersehen, Herr Rau!“, rief auch Elif.

Lele verabschiedete sich schnell, dann lief sie ihren beiden Freundinnen hinterher, die bereits die Wohnung verlassen hatten.

Die Mädchen kamen erst an der Kreuzung wieder zum Stehen. Sie keuchten, so schnell waren sie gerannt.

Lele hielt die Drohne wie eine Trophäe in die Luft und die drei jubelten. Jetzt konnten ihnen die Jungs nichts mehr anhaben! Nehmt das, Kings! Pling!

Sie beschlossen, dass Lele die Drohne mitnehmen und in ihrem Zimmer verstecken sollte. Sie bei Elif zu Hause zu lagern schien ihnen wegen Devin zu gefährlich zu sein und bei Cleo war ihre ältere Schwester Joya eine Gefahr. Die steckte ihre Nase nämlich ganz gerne in fremde Angelegenheiten.

5. Der total hinterlistig-fiese, hundsgemeine Plan

„Wo ist sie??!!!"

So aufgebracht hatte Lele Kolja noch nie gesehen. Der war nicht sauer, der war hyper-explosiv-auf-180-Grad-wutentbrannt. Zusammen mit Loris und Devin stand er einmal mehr vor dem Schultor und versperrte den Mädchen den Weg.

Fast hätte er Lele leidgetan, so sehr war er außer sich. Aber selber schuld, die Kings hatten angefangen, nicht sie!

Darum setzte Lele nun ein ganz unschuldiges Gesicht auf. „Tut mir leid, keine Ahnung, wovon du sprichst."

„Ich weiß, dass ihr gestern bei mir zu Hause wart!"

Lele schluckte und Kolja fuhr grinsend fort: „Ihr kennt anscheinend meine Geschwister schlecht. Die plappern alles aus. Übrigens: Sie sind jetzt große Fans von deinen Skateboard-Tricks, Cleo."

„Oh, danke!", sagte Cleo und lächelte geschmeichelt.
„Ha!", rief Kolja. „Seht ihr, ich wusste, dass ihr das wart. Verraten!" Er lachte.
„Wie auch immer", sagte Lele. „Es ist ja nicht verboten, mit den kleinen Geschwistern von Mitschülern zu spielen. Und jetzt lasst uns durch!"
„Erst sagt ihr, wo die Drohne ist!", schrie Kolja.
„Oh, du meine Güte! An deiner Stelle würde ich mich nicht so aufregen. Denk an deinen Blutdruck", sagte Lele.
Elif und Cleo links und rechts neben ihr kicherten.
„Skifahren?", fragte Lele ihre Freundinnen. Die anderen zwei nickten. Dann rannten sie an den Jungs vorbei über den Schulhof.
„Blutdruck?", fragte Cleo, als sie auf der anderen Seite des Hofes angelangt waren und wieder in gemäßigtem Tempo gingen.
Lele zuckte mit den Schultern. „Das hab ich mal in einem Film gehört. Ich glaube, wenn man das zu jemandem sagt, dann regt der sich nur noch mehr auf."
Elif blickte über ihre Schulter zurück. „Wenn ich Kolja gerade so betrachte, glaube ich, dass du recht hast."

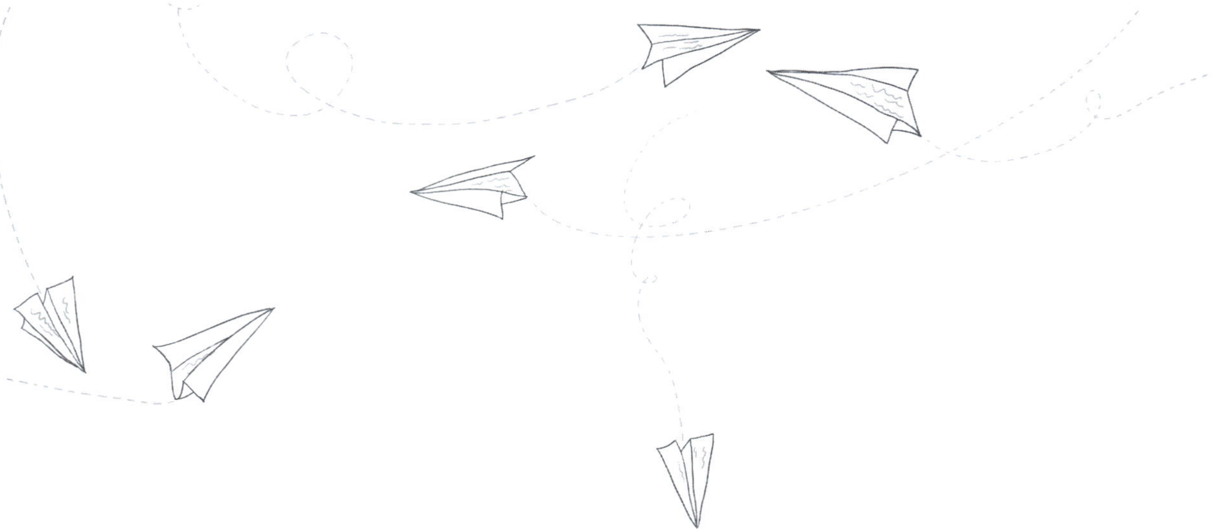

Auch an diesem Morgen hatte es Frau Sander alles andere als leicht mit ihrer Klasse. Und das, obwohl sich Lele und Co. anfangs wirklich alle Mühe gaben, sie nicht aus der Fassung zu bringen. Sie verzichteten sogar darauf, ihr LwD-Buch hervorzuholen, und bearbeiteten stattdessen brav die Aufgaben, die an der Tafel standen. Aber nicht so Kolja, Loris und Devin. Kaum hatte der Unterricht begonnen, bewarfen sie Lele, Cleo und Elif mit Papierfliegern, auf denen erbitterte Drohungen standen. Zum Beispiel:

Wenn ihr die Drohne nicht rausrückt,
hat euer letztes fröhliches Stündlein geschlagen!

Da kribbelte es den Mädchen natürlich in den Fingern und sie mussten einfach zurückschreiben!

Oh bu-hu! Jetzt haben wir aber Angst! Kurze Zwischenfrage: Womit genau droht ihr uns eigentlich?

Immer mehr Flieger flogen hin und her. Sie schwebten über die Köpfe der anderen Schüler hinweg, bis die anfingen, ebenfalls Flieger zu basteln. Nach nur wenigen Minuten versank das Klassenzimmer im Papierflieger-Chaos und Frau Sander in purer Verzweiflung.

Später, auf dem Nachhauseweg, mussten sich Lele, Elif und Cleo vor Lachen die Bäuche halten. Cleo spielte Frau Sander nach, wie sie mit letzter Kraft versuchte, wieder Ordnung ins Klassenzimmer zu bringen. Natürlich vergebens.

„Wenn es nicht so lustig wäre, könnte sie einem glatt leidtun", meinte Lele und wischte sich eine Lachträne aus dem rechten Auge. Dann verabschiedete sie sich mit einem „Pling!" von ihren Freundinnen und spurtete nach Hause, um schnell Mittag zu essen. Um zwei hatte sie nämlich einen wichtigen Termin.

Punkt zwei Uhr klingelte Lele an der Erdgeschosswohnung der Weberstraße 15. Hier wohnte das Hausmeisterehepaar Herr und Frau Würgler. Die beiden hatten Lele gefragt, ob sie

auf ihren geliebten Yorkshireterrier aufpassen könnte, während sie einen Kurzurlaub in einem nahegelegenen Wellnesshotel machten.
Lele mochte die Würglers zwar überhaupt nicht, konnte aber das versprochene Taschengeld sehr gut gebrauchen. Die Würglers wiederum konnten Kinder zwar nicht ausstehen, wussten aber, wie tierlieb Lele war. Immer, wenn sie mit Tiffi Gassi gingen und zufälligerweise Lele begegneten, sprang der Hund freudig an ihr hoch. Andere Menschen kläffte er für gewöhnlich nur an. Abgesehen davon waren sie auch zu geizig, um Tiffi für die kurze Zeit ihrer Abwesenheit in eine Hundepension zu geben.
„Da bist du ja endlich!", sagte Herr Würgler, als er nach dem dritten Klingeln die Tür aufriss.
Lele schaute auf ihre Armbanduhr: „Warum denn *endlich*? Es ist doch genau zwei Uhr!?"
Herr Würgler blickte ebenfalls auf Leles Uhr. „Zwei nach zwei!"
„Ja, aber doch nur, weil Sie mich so lange haben warten lassen", sagte Lele.
Lele merkte, dass sie Herrn Würgler aus dem Konzept gebracht hatte. Irritiert schüttelte er den Kopf und schien den Faden verloren zu haben.
„Für Herrn Würgler sind Kinder Wesen von einem anderen

Stern“, hatte Leles Mama mal gesagt. Genau so kam sich Lele jetzt auch vor, als Herr Würgler mit gerunzelter Stirn auf sie hinunterblickte.
„Kommen wir zur Sache“, meinte er schließlich und übergab Lele die Leine samt Hund dran. Dann erklärte er, dass Lele dreimal am Tag mit Tiffi Gassi gehen und sie danach wieder in die Hausmeisterwohnung zurückbringen musste, weil sich der Hund nur hier wohlfühlen würde. Er zeigte Lele, wo Tiffis Dosenfutter stand, und erklärte, wie viele Hundekekse sie pro Tag fressen durfte.
Dann kam Frau Würgler und Lele begleitete das Hausmeisterehepaar zusammen mit Tiffi bis auf die Straße. Sie sah ihnen dabei zu, wie sie ihre unzähligen Koffer in ihrem dafür viel zu kleinen Kleinwagen verstauten, und wartete, bis sich die beiden wortgewaltig von Tiffi verabschiedet hatten. Endlich fuhren sie davon und Lele winkte ihnen erleichtert hinterher.
„Mannomann“, murmelte sie, „die zwei können ja ganz schön anstrengend sein. Oder was sagst du dazu, Tiffi?“
Sie blickte den Hund an, der sie seinerseits erwartungsvoll anglotzte. In dem Moment kamen auch schon Cleo und Elif angerannt, die Lele versprochen hatten, sie beim Gassigehen zu begleiten.

Plaudernd schlenderten die drei Mädchen mit dem Hund die Weberstraße hinunter. Tiffi sprang schwanzwedelnd voraus und zog das Seil der Rollleine, die Lele in der Hand hielt, munter hinter sich her. Die Leine konnte bis auf zwanzig Meter ausgezogen werden und bald schon war Tiffi um die nächste Ecke verschwunden.

Aus gegebenem Anlass zählten sich die Mädchen gegenseitig ihre Lieblingstiere auf. Ihre jeweilige Top drei wollten sie später in eine neue Liste eintragen. Was Platz eins anbelangte, waren sie sich schon mal einig: Faultiere! Die hatten den Katzen eindeutig den Rang abgelaufen. Faultiere waren die besten Tiere überhaupt. Abgesehen von den Faultieren gingen ihre Geschmäcker aber weit auseinander.

Unsere TOP 3-LIEBLINGSTIERE

Platz 1:
Faultiere!
Weil sie sooo süß sind und wer möchte nicht gerne den ganzen Tag faulenzen?

Plätze 2 + 3:
Hängebauchschweine und Seelöwen

(zahme) Tiger und Flamingos

Leguane und Erdmännchen

Kritzel-Spaß mit deinen

Lieblingstieren –

ZEICHNE EINFACH LOS!

Die Mädchen waren noch völlig vertieft in ihre Tier-Diskussion, als plötzlich etwas Merkwürdiges passierte: Aus heiterem Himmel schnellte Tiffis Leine zurück und wurde von der Halterung in Leles Hand eingezogen. Vor Schreck blieb den Mädchen für einen Moment die Luft weg. Dann blickten sie ratlos auf das Ende der Leine.

Cleo war die Erste, die ihre Sprache wiederfand: „Wo …? Wo ist Tiffi?"

Noch bevor jemand antworten konnte, hörten die Mädchen vom Ende der Straße ein lautes Grölen. Da standen Kolja, Loris und Devin. Loris wedelte demonstrativ mit einer großen Schere in der Luft herum und rief: „Ritsch, ratsch!"

Die Jungs hatten die Leine durchgeschnitten!

Und Kolja hatte Tiffi auf seinem Arm! Nun hielt er den Hund wie einen Pokal in die Höhe. „Tiffi gegen die Drohne!", rief er den Mädchen zu, die noch zu perplex waren, um auch nur ein einziges Wort herauszubekommen.

Die Jungs lachten und rannten davon.

Sofort liefen die Mädchen ihnen hinterher. Zu blöd, dass Cleo ausgerechnet jetzt ihr Skateboard nicht dabeihatte! Sonst wäre die Aufholjagd ein Kinderspiel gewesen. So aber hatten sie keine Chance. Als die Mädchen endlich bei der Straße ankamen, in die die Jungs abgebogen waren, waren die nirgends mehr zu sehen. Die Kings waren wie vom Erdboden verschluckt!

6. Auf der Spur der Erpresser

Sofort machten sich die drei Mädchen auf die Suche nach dem gekidnappten Hund. Sie versicherten sich gegenseitig, dass es ein Kinderspiel werden würde, ihn wiederzufinden. Immerhin wussten sie seit gestern, wo das Kellerversteck der Jungs lag. Sie beschlossen, dass eine von ihnen immer vor dem Kellerfenster Wache halten sollte, während die anderen beiden im Viertel nach dem Hund Ausschau hielten.

Tatsächlich hatte Lele Glück. Gerade als sie sich vor das Kellerfenster gekniet hatte, sah sie, wie drinnen die Kings mit Tiffi in den kleinen Raum traten.

„Es war deine Idee, also nimmst du den Köter!“, rief Loris gerade und streckte Kolja den Hund hin.

„Wir haben gesagt, wir wechseln uns ab!“, gab Kolja zurück und verschränkte demonstrativ die Arme vor seiner Brust.

Lele sprang auf. Sie musste sofort Cleo und Elif dazuholen! Wie viel einfacher wäre doch alles, wenn sie ein Smartphone hätte. Dann könnte sie die beiden jetzt einfach anrufen und der Befreiung Tiffis würde nichts mehr im Weg stehen.
Doch ihre Mutter fand ja, dass Lele zu jung für ein eigenes Telefon war. Ganz abgesehen davon, sagte sie immer, hätten sie kein Geld für so was.
So blieb Lele also nichts anderes übrig, als loszuflitzen und ihre zwei Freundinnen zu suchen. Sie hatte auch diesmal Glück: Elif fand sie auf Höhe der Bushaltestelle und Cleo traf sie an der Ecke zur Fabrikstraße.
Sofort rannten die drei zum Keller der Kings zurück. Doch als sie nur Minuten später wieder davorstanden und hineinblickten – war er leer. Keine Spur mehr von Tiffi oder den Kings! Das konnte ja wohl nicht wahr sein!
Auch wenn Lele, Cleo und Elif noch den ganzen Tag nach Tiffi suchten und dabei das Kellerversteck der Kings nicht mehr aus den Augen ließen, blieben sowohl der Hund als auch die Jungs spurlos verschwunden. Die Mädchen konnten schließlich nichts anderes tun, als unverrichteter Dinge nach Hause zu gehen.

Am nächsten Morgen, auf dem Schulweg, besprachen sie ihre Lage.

„Es muss doch einfach einen anderen Weg geben, als kampflos die Drohne zurückzugeben!“, rief Lele wütend. „Das war echt so eine fiese Nummer!“, meinte Cleo. „Ist denen eigentlich klar, was für einen Ärger du kriegst, wenn die Würglers zurückkommen und Tiffi nicht mehr da ist?!“ „Oh, ich will gar nicht daran denken!“, seufzte Lele und wandte sich Elif zu: „Hast du denn auch keine Idee? Du kommst doch sonst immer auf die genialsten Lösungen!“ Doch Elif zuckte nur traurig mit den Schultern. „Ich habe die ganze Nacht darüber nachgedacht, aber mir ist nichts eingefallen, was wir tun könnten. Was soll ich sagen? Wir stecken knietief in der Bredouille[4]...“

Die erste Stunde hatten sie bei Herrn Arnold, der dieses Mal seinen eigenen Rekord schlug, als er bereits beim Erklären der ersten Aufgabe einnickte. Lele, Cleo und Elif nutzten die unerwartete freie Zeit, um einen neuen LwD-Eintrag zu schreiben. Es ging natürlich um die „Bredouille“, also den Schlamassel, in dem sie steckten. Lele war so wütend über die Erpressung der Jungs, dass sie am liebsten geheult hätte. Stattdessen riss sie sich zusammen und schrieb diese Liste:

4 Ausweglose Problemsituation

WIR sind ja keine HEULSUSEN, aber in diesen Situationen können selbst wir nur noch weinen:

Jetzt zum Beispiel! Weil ich so viel Wut im Bauch habe. Am meisten ärgere ich mich über mich selbst! Hätte ich doch einfach besser auf Tiffi aufgepasst …

Als mein Papa letztes Wochenende einfach abgesagt hat. Obwohl er fest verspochen hatte, Zeit mit mir zu verbringen …

Wenn man krank ist und zu Hause im Bett liegen muss, während die anderen gerade das Tollste überhaupt erleben (wie z.B. bei mir letztes Jahr, als die ganze Klasse einen Ausflug in den Erlebnispark gemacht hatte und ich die Grippe hatte).

HEULSUSEN-ALARM!

Was findest du ultratraurig?

Nach Herrn Arnold hatten sie Unterricht bei Frau Sander. Die Mädchen hatten sich bereits ihr LwD-Buch bereitgelegt, um mit ihrer Liste fortzufahren, da passierte etwas sehr Sonderbares.

Anstatt sich wie üblich lautlos Richtung Lehrerpult zu schleichen, betrat die junge Referendarin das Klassenzimmer heute mit hoch erhobenem Kopf und festen Schritten. Sie knallte ihre Arbeitstasche so laut auf das Pult, dass die Klasse vor lauter Erstaunen augenblicklich still wurde.

Dann stellte sich Frau Sander vor die Schüler und blickte einem nach dem anderen in die Augen, während sie zu sprechen begann: „Ich habe beschlossen, noch mal von vorne anzufangen. Mit euch. Ab sofort gelten folgende Regeln: Kein Reden während meines Unterrichts. Und wenn ich *kein* sage, meine ich kein einziges, klitzekleines, noch so leise geflüstertes Mini-Wörtchen. Verstanden?“

Die Schüler starrten sie mit offenen Mündern an und nickten stumm.

„Gut“, sagte sie und ließ ihre Augen weiter über die Klasse schweifen. „Und ich will keine Nebenbeschäftigungen während des Unterrichts. Und wenn ich *keine* sage, dann meine ich auch keine. Keine Papierkügelchen und Flieger mehr. Keine heimlichen Botschaften und versteckten Nachrichten. Kein

Herumgeblödel und albernes Gehampel. Ich will, dass ihr konzentriert arbeitet und euch beteiligt. Und im Gegenzug verspreche ich euch, dass ihr Freude an meinem Unterricht haben werdet."

Dann fing sie an, den noch komplett erstarrten Schülern Blätter auf den Tisch zu legen. Lele las:

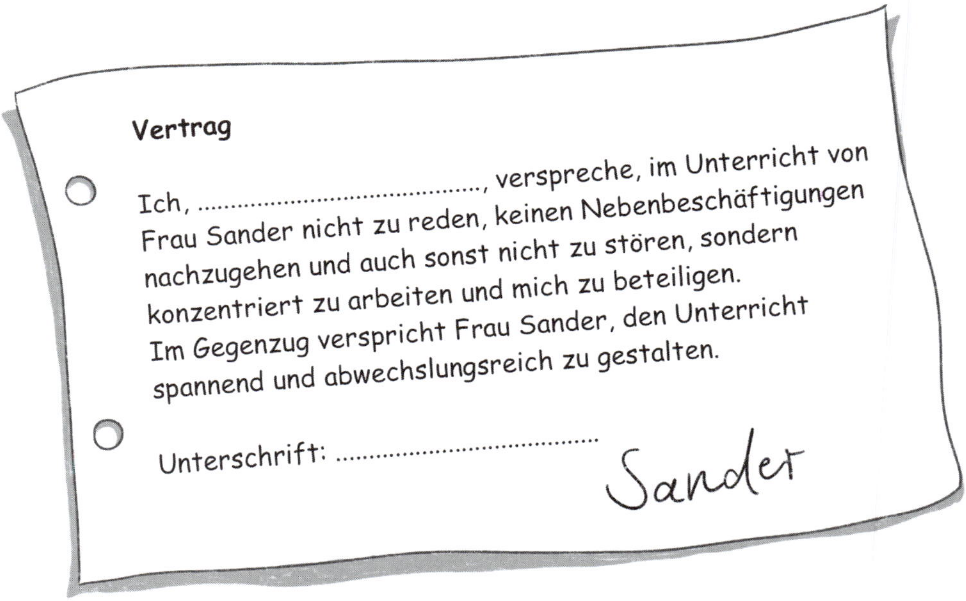

Vertrag

Ich, ..., verspreche, im Unterricht von Frau Sander nicht zu reden, keinen Nebenbeschäftigungen nachzugehen und auch sonst nicht zu stören, sondern konzentriert zu arbeiten und mich zu beteiligen.
Im Gegenzug verspricht Frau Sander, den Unterricht spannend und abwechslungsreich zu gestalten.

Unterschrift: .... Sander

Nach und nach erwachten die Schüler aus ihrer Schockstarre und unterschrieben zögerlich das Blatt, das vor ihnen lag. Auch Lele griff zu ihrem Stift und schrieb in extra schöner Schrift ihren Namen auf das Papier. Dann betrachtete sie die Referendarin. Was für ein unglaublicher Auftritt! Lele war schwer beeindruckt – und irgendwie auch stolz auf Frau Sander, die nun selber zufrieden lächelte, während sie auf ein Papier in ihrer Hand blickte. Auf einmal erkannte es Lele wieder: Es war ihre Mutmach-Botschaft! Geschrieben auf die Rückseite eines Arbeitsblatts von Frau Sander. Gerührt beobachtete sie, wie die junge Lehrerin das Blatt sorgfältig glatt strich und zwischen zwei Seiten ihres Kalenders schob.

Schöner konnte der letzte Schultag der Woche nicht enden, fand Lele. Der Unterricht bei Frau Sander war auf einmal ganz anders. Es machte richtig Spaß, ihr zuzuhören. Sie war ja auch richtig nett. Das wäre sie wahrscheinlich schon immer gewesen, hätte sie nicht so viel mit ihnen schimpfen müssen, dachte Lele.

Nach der Schule nahm Lele allen Mut zusammen und passte die Jungs auf dem Nachhauseweg ab. Cleo und Elif hielten sich wie abgesprochen im Hintergrund.

ANGRIFF
ist die beste
VERTEIDIGUNG

„Gebt ihr Tiffi auch genug zu fressen?", fragte Lele die drei und hatte gar keine Lust mehr, cool rüberzukommen. Es war ihr gerade so ziemlich egal, wie sie wirkte.

„Klar doch!", sagte Kolja. „Wir hatten früher auch einen Hund zu Hause. Ich weiß, wie das geht."

Lele drückte Kolja eine Tüte Hundekekse in die Hand. „Trotzdem. Sorgt bitte gut für sie, ja?"

Kolja rollte mit den Augen. „Mach mal keinen Aufstand, ja? Im Übrigen hoffe ich, dass ihr euch auch gut um meine Drohne kümmert. Sie liebt Hackfleisch."

Loris und Devin lachten. Dann liefen die Jungs davon.

„Dieser arrogante Vollpfosten!", murmelte Lele und merkte, wie die Wut wieder in ihr hochstieg.

„Komm", sagte Cleo, die nun beruhigend ihren Arm um Leles Schulter legte, „reg dich nicht auf wegen diesen Idioten!"

„Richtig!", sagte Elif und legte ihren Arm um Leles andere Schulter. „Wir suchen einfach jeden kleinsten Winkel ab, dann werden wir Tiffi schon wiederfinden."

„Genau!" Lele lächelte. „Und dann werden wir ja sehen, wer zuletzt lacht. Denn dann haben wir Tiffi wieder *und* die Drohne. Und die Jungs haben gar nichts!"

„Na dann", rief Cleo, „auf zur Tiffi-Suche!"

7. Drohne gegen Tiffi

Den ganzen Freitag hatten die Mädchen noch bis spät abends nach Tiffi gefahndet. Sie hatten sogar bei Loris geklingelt und seiner Familie abstruse Geschichten erzählt, nur um in seine Wohnung linsen zu können und sicherzugehen, dass nicht Loris den Hund bei sich versteckt hielt. Aber egal, wo sie nachschauten: Tiffi fanden sie nicht. Nun blieb ihnen nur noch die Kapitulation[5], wie Elif sagte.

Es war Samstagmorgen und die Queens machten sich auf den Weg zum Geiselaustausch. Wobei die Geisel im Fall der Mädchen die Drohne und im Falle der Jungs Tiffi war. Die beiden Clubs hatten sich für die Übergabe auf den Sportplatz neben der Schule geeinigt. Da konnte niemand krumme Dinger drehen. Da gab es keine Büsche, hinter denen man

5 Das Aufgeben

sich verstecken konnte, und keine Ecken, die als Fluchtweg dienen konnten.
Zerknirscht und mit der Drohne im Gepäck marschierten die drei Mädchen auf den Sportplatz zu, als sie sahen, dass die Kings bereits da waren.
„Wie sehen die denn aus?", fragte Lele verwundert.
„Die blicken ja aus der Wäsche, als ob …", setzte Elif an.
„Ich kann Tiffi nirgends sehen!", rief Cleo dazwischen.
Lele suchte mit ihren Augen den ganzen Platz ab und tatsächlich: keine Spur von dem Hund!
Endlich kamen sie vor den Jungs zum Stehen. Die Mädchen stützten ihre Hände in die Seiten und kniffen ihre Augen zusammen.
„Wo ist Tiffi?", fragte Lele.
Kolja und die anderen beiden schluckten. Alle drei blickten zu Boden. Kolja scharrte nervös mit einem Fuß im Sand.
„Euch ist schon klar, dass ihr die Drohne nur zurückbekommt, wenn wir den Hund wiederkriegen?", fragte Lele und wunderte sich immer mehr über das komische Verhalten der Jungs. Ungeduldig blickte sie von einem zum anderen.
„Jetzt sagt doch mal was!", rief Cleo, die langsam genervt war.
Loris stupste Kolja mit dem Ellbogen an. „Genau. Jetzt sag doch mal was!"

„Warum denn ich?!", rief Kolja. „Es war genauso eure Schuld!"
Die Jungs schwiegen wieder.
„Was ... ist ... los?", fragte Lele.
„Ja, also ...", begann Kolja endlich und kratzte sich an der Schläfe. „Es gibt da ein Problem."
„Darauf wäre ich ja nie gekommen", sagte Lele und verdrehte die Augen.
„Spuckt es endlich aus!", rief Cleo.
Kolja senkte den Blick und murmelte: „Der Hund ist weg."
„WAS?", fragte Lele.
„Wie bitte?", rief Elif.
Kolja hob den Kopf. „Abgehauen."
Für einen Moment herrschte Stille. Die Jungs blickten weg, während die Mädchen sie fassungslos anstarrten.
Dann platzte es aus Cleo heraus: „Wie dumm seid ihr eigentlich?!"
„Selber dumm! Nur wegen euch ist das alles passiert!", brüllte Loris zurück.
„Was? Stimmt doch gar nicht!", rief Cleo.
„Stopp!", schrie Lele dazwischen. Sie atmete einmal tief ein und aus. Dann fragte sie ruhig: „Was genau heißt ‚abgehauen'?"
„Entwischt halt", meinte Loris schulterzuckend.

„Ihr seid zu doof, um auf einen Hund aufzupassen?", fragte Cleo.
„Wie ist das denn passiert?", wollte Lele wissen.
„Vielleicht ist sie ja noch in der Nähe." Das war ihre kleine Hoffnung.
„Glaub ich nicht", meinte Devin.
„Jetzt lasst euch doch nicht alles aus der Nase ziehen!", rief Lele, die langsam die Geduld verlor. „Was genau war los?"
Endlich erzählten die Jungs. Sie berichteten, dass sie Tiffi in ihrem Kellerabteil hatten gefangen halten wollen, dabei aber nicht bedacht hatten, dass der Hund immer mal wieder Gassi gehen musste.
„Ah ja, darum …", sagte Lele. In dem Moment fiel ihr auf, dass sie wohl besser die Klappe hielt. Den Rest dachte sie nur: Darum wart ihr nicht mehr da, als wir zum Keller zurückgekommen sind.
„Darum was?", fragte Kolja.
Lele räusperte sich: „Äh … Darum ist euch Tiffi entlaufen …?"
Kolja runzelte die Stirn. „Hä? Was meinst du? Willst du jetzt die Geschichte hören oder nicht?"
Lele nickte schnell. Gerade noch mal gut gegangen, dachte sie. Fast hätte sie den Kings verraten, dass die Queens wussten, wo ihr Versteck lag. Das wäre schön bescheuert gewesen!
Die Jungs erzählten weiter. Sie erklärten, dass natürlich keiner

von ihnen Bock darauf gehabt hatte, Tiffi auszuführen. Dazu war gekommen, dass sie selbstverständlich nicht einfach die Weberstraße hatten rauf- und runtergehen können oder sonst wo in der Nähe mit dem Hund hatten gesichtet werden wollen. Also waren sie mit Tiffi bis zu den Feldern gelaufen. Dass sie keine Leine für sie dabeigehabt hatten, hatte das ganze Unterfangen zusätzlich erschwert. Und da war es passiert. Nur einen Moment lang waren sie unachtsam gewesen und schon war der Hund weg.

Loris behauptete, dass Devin nicht gut aufgepasst hatte, Devin meinte, es wäre eindeutig Koljas Fehler gewesen, und Kolja schwor, dass er den anderen beiden gesagt hätte, dass sie mit Achtgeben dran waren. Es ließ sich nicht mehr klären. Fakt war: Der Hund war abgehauen!

Cleo schüttelte ungläubig den Kopf. „Ihr seid ja so dämlich!"

„Das hätte jedem passieren können!", wehrte sich Loris und schon waren die beiden wieder dabei, sich gegenseitig Beleidigungen an den Kopf zu werfen.

Lele und Elif tauschten Blicke. Dann ergriff Lele wieder das Wort: „Die Queens müssen sich mal kurz besprechen. Wenn ihr uns entschuldigen wollt." Ernst und förmlich nickte sie den Jungs zu. Die nickten zurück.

TOP SECRET –

entwickle deine eigene

GEHEIMSPRACHE!

Die drei Mädchen liefen davon und setzten sich auf die Stufen der kleinen Sporttribüne.
„Ich bin verloren!", seufzte Lele.
Cleo und Elif umarmten sie und klopften ihr aufmunternd auf die Schulter.

„Noch sind die Würglers nicht zurück", meinte Elif. „Wir werden Tiffi wiederfinden, bestimmt!"
Lele sagte nichts. Man sah, dass ihr zum Weinen zumute war. Schnell sprach Elif weiter: „Wir werden den Jungs einfach sagen, dass sie die Drohne nur zurückkriegen, wenn wir Tiffi wiederhaben."
„Genau! Die werden jeden Stein umdrehen, um Tiffi wiederzufinden. Und irgendwo muss der Hund ja abgeblieben sein!", versuchte auch Cleo, Lele aufzuheitern.
Lele stand auf. „Ihr habt recht! Kommt, lasst uns keine Zeit verlieren!"
„Bevor wir zu den Jungs zurückgehen, müssen wir aber unbedingt die Drohne in Sicherheit bringen. Sie ist immerhin unser einziges Druckmittel!", gab Elif zu bedenken.

„Elif, was würden wir nur ohne dich tun!", sagte Lele und umarmte ihre Freundin. „Ich sage nur: Fische fangen!"

Während Cleo auf ihr Skateboard stieg und mit der Drohne unter dem Arm davonsauste, liefen Lele und Elif zu den Jungs zurück.
„Also“, begann Lele, „wir haben Folgendes beschlossen: Drohne gegen Tiffi. Findet den Hund, dann bekommt ihr eure Drohne wieder. Wenn nicht …“ Lele machte mit ihrer Hand eine Bewegung, als würde sie ihre Kehle durchschneiden.

„Was?“, rief Loris. „Spinnt ihr? Das dürft ihr nicht! Die Drohne gehört euch nicht!“
„Okay, wir werden alles tun, um Tiffi wiederzufinden“, meldete sich Kolja zu Wort. „Falls wir sie aber nicht finden sollten, dann müsst ihr uns die Drohne zurückgeben. Wirklich. Das ist dann kein Spaß mehr.“
„Das könnt ihr vergessen!“, rief Lele. „Keine Tiffi, keine Drohne.“
„Das ist der Deal, sorry“, meinte auch Elif.

„Genau“, sagte Lele, „dann heißt es Arrivederci, Bye-bye und auf Nimmerwiedersehen, geliebte Drohne. Dann wird sie kaltgemacht, verstanden?“
Für einen Moment war Lele selber erstaunt über ihre harten Worte. War das zu krass? Wenn sie sich Koljas Gesicht ansah, tat er ihr fast schon wieder leid.

Aber dann erinnerte sie sich wieder daran, was Tiffis Verschwinden für sie bedeutete. „Verstanden?", fragte sie noch mal und blickte in die Runde.
Die Jungs nickten stumm.

8. Tiiiiiiiiiiiiiiiiiiffi!!!!!!!!!

„Tiffi!!!“, riefen Lele, Cleo und Elif, die nebeneinander die Fabrikstraße hinunterliefen. Als sie um die Ecke bogen, stolperten sie fast in die Jungs hinein.

„Und?“, fragte Lele, obwohl die Antwort offensichtlich war.

Kolja schüttelte den Kopf.

„Und wenn das Viech einfach nach Hause gelaufen ist? Wäre doch am logischsten“, meinte Loris.

„Danke für den schlauen Tipp“, sagte Lele und rollte mit den Augen. „Aber stell dir vor: Da hab ich tatsächlich schon nachgeguckt. Und halt dich fest: Da war sie nicht. Die Wohnungstür ist nämlich abgeschlossen. Genau so, wie sie die Würglers verlassen hatten. Tiffi kann da nicht einfach so reinspazieren und gut ist.“ Lele blickte die Jungs böse an. Immerhin war es ihre Schuld, dass sie gerade im Schlammassel ihres Lebens steckte.

„Was macht ihr?", fragte in dem Moment eine piepsige Stimme.
Die Gruppe drehte sich um und erblickte Leo, Mia und Liam, Koljas kleine Geschwister.
„Wir wollen mitspielen!", erklärte Leo.
„Geht nach Hause!", zischte Kolja.
Aber die drei dachten nicht daran. Mia stützte ihre Arme in die Hüften: „Mama hat gesagt, dass du uns ruhig mal mitnehmen sollst!"
„Ja, das mach ich auch irgendwann, aber jetzt ist es ungünstig", versuchte Kolja die Kleinen abzuwimmeln. Sie waren ihm offenkundig peinlich.
„Wir wollen auch zu deinem Geheimclub gehören!", rief nun Leo.
Kolja lachte. „Niemals!"
„Das ist so ungerecht!", maulte Mia. „Ich mein, wenn sogar *die* mitmachen dürfen!" Sie zeigte naserümpfend auf Lele, Cleo und Elif.
„He!", rief Lele. „Wir gehören ganz bestimmt nicht zu *deren* Club. Wir haben einen eigenen!"
„Geht nach Hause", versuchte es Kolja noch mal.
„Was macht ihr denn?", fragte nun der kleine Liam.
Kolja seufzte. Dann erhellte sich auf einmal sein Gesicht und seine Stimme wurde ungewöhnlich sanft. „Wir spielen ‚Finde

den Hund'. Ein ganz tolles Spiel!" Er tat so, als ob er kurz überlegen müsste. „Okay, wisst ihr was? Meinetwegen dürft ihr mitspielen. Weil das Spiel so toll ist, ja?"
Die drei Kleinen jubelten.
„Kennt ihr Tiffi? Den Hund des Hausmeisterehepaars?"
Die Kinder schüttelten den Kopf und alle gemeinsam gaben ihr Bestes, um den dreien den Hund zu beschreiben: so ein total kleines, wuscheliges, braunhaariges Kerlchen. So ein süßer Hund halt, wie aus der Werbung.
Staunend blickte Lele Kolja an. Seine jüngeren Geschwister einzuspannen war wirklich clever von ihm, das musste sie ihm lassen.

Die drei Suchtrupps trennten sich. Lele, Cleo und Elif liefen weiter die Fabrikstraße hinunter und schauten hinter jeden Busch und jede Hecke.
„Miez, miez, miez!", hörten sie den kleinen Liam auf der anderen Straßenseite. Sie lachten.
„Na, solange er uns keine Katze anschleppt!" Lele grinste und vergaß für einen Moment, wie ernst die Lage war.
In diesem Moment bogen Justus und Max auf ihren Fahrrädern um die Ecke. Alle Kinder im Viertel fürchteten sich vor den beiden Teenagern,

denn diese liebten es, fies zu den Jüngeren zu sein. Leo, Mia und Liam wussten das anscheinend noch nicht. Die drei stellten sich den beiden Jungs nämlich kurzerhand in den Weg und fragten, ob sie einen kleinen, wuscheligen Hund gesehen hätten.

„Einen Hund?", fragte Max. „Was wollt *ihr* denn mit einem Hund?"

„Wir wollen halt einen finden", erklärte der kleine Liam. Man merkte, dass er nicht so genau wusste, was für ein Spiel er gerade spielte.

Max lachte. „Hunde sind ja wohl die doofsten Tiere überhaupt! Noch blöder als Katzen. Schlimmer als Wellensittiche."

„Ja, stimmt genau", begann nun auch Justus. „Hunde sind bescheuerte Tiere. Die verlieren die ganze Zeit Haare, bellen völlig grundlos in der Gegend herum und wollen immer was zu futtern. Also lasst uns gefälligst in Ruhe mit eurem Stinke-Tier. Und jetzt geht uns aus dem Weg oder wir fahren euch über den Haufen, ihr Mücken!"

Justus täuschte vor, loszufahren, und die drei Kleinen sprangen erschrocken auf den Gehsteig.

Lele, Cleo und Elif, die die ganze Szene beobachtet hatten, seufzten.

„Kann Justus eigentlich nicht *einmal* nett sein?", fragte Elif.

„Meine Mama sagt, das sei das Alter", meinte Lele.
„Oh ja! Frag mich mal!", sagte Cleo. „Meine Schwester ist genau gleich alt wie Justus und genau gleich schrecklich!"
Die drei schüttelten genervt die Köpfe. Dann machten sie sich wieder auf die Suche.

Lele war schon dem Verzweifeln nahe, weil sie auch nach stundenlanger Suche nicht die geringste Spur von Tiffi gefunden hatten, da hörte sie eine aufgeregte Stimme hinter sich: „Gewonnen! Gewonnen! Wir haben ihn gefunden!"
Es war der kleine Liam, der fröhlich hüpfend die Straße hinunterkam und mit seinem Geschrei nicht nur Lele, Cleo und Elif anlockte, sondern auch die Kings. Alle sechs blickten voller Vorfreude auf den kleinen Jungen.
„Ja und? Wo ist er?", fragte Kolja hoffnungsvoll.
Liam drehte sich um und zeigte ans Ende der Straße. Da waren seine zwei Geschwister damit beschäftigt, einen Hund hinter sich herzuziehen, der sich mit Leibeskräften dagegen zu wehren versuchte.
Alle lachten. Es sah einfach zu lustig aus. Die beiden zerrten wie wild an dem Hund herum, der sich kurzerhand auf seinen Hintern gesetzt hatte und nun knurrend über den Gehsteig rutschte.

Leles Herz pochte schneller. Sie hatten Tiffi gefunden und alles würde wieder gut werden! Gemeinsam mit den anderen lief sie dem Hund entgegen. Doch auf halber Höhe blieb sie plötzlich stehen.

Auch Elif neben ihr stoppte und flüsterte: „Der ist ja …"
„Der ist weiß!", rief Cleo.
Tatsächlich: Der knurrende Hund, den Mia und Leo an der Leine hinter sich herzogen, hatte ein weißes Fell!
Die Enttäuschung war riesig. Lele presste ganz fest die Lippen aufeinander, sonst hätte sie womöglich auf der Stelle losgeheult. Kolja hockte sich auf die nächstbeste Gartenmauer und vergrub seinen Kopf in den Händen.
„So ein Mist!", riefen er und Lele gleichzeitig.

Der fremde Hund war auch schnell identifiziert. Es war Paulchen, der Hund der Müllers aus der Fabrikstraße 11.

Schnell brachten sie das Tier zu seinen Besitzern zurück, murmelten dabei allerlei zwielichtige Entschuldigungen und verdünnisierten sich, bevor die alten Leute nachfragen konnten, wie das hatte passieren können.
Dann mussten alle nach Hause zum Abendessen. Keiner hatte wirklich Hunger, aber alle aßen im Eiltempo ihre Teller leer, um so schnell wie möglich wieder nach draußen zu können.

Die Eltern wunderten sich ein wenig über das absonderliche Verhalten ihrer Kinder, aber ließen sie ziehen. Nur Koljas kleine Geschwister mussten zu Hause bleiben, aber die hatten sowieso keine Lust mehr auf das „doofe Spiel", wie sie ihm versicherten.

Auch Lele, die zusammen mit ihrer Mutter zu Abend aß, kribbelte es in den Beinen und sie konnte es kaum abwarten, wieder aufzuspringen und weiterzusuchen. Andererseits lag da auch eine große Traurigkeit auf ihrem Herzen, von der sie ihrer Mutter nur zu gerne erzählt hätte. Sie erzählte ihr nämlich eigentlich alles. Lele und ihre Mama Lynn waren ein richtig gutes Team. Das mussten sie auch sein. Leles Papa wohnte weit weg in einer anderen Stadt und besuchte sie nur selten. Und Geschwister hatte Lele auch keine.

„Na, welche Laus ist dir denn über die Leber gelaufen?", fragte Lynn und sah Lele besorgt an.

Lele seufzte. Wie gerne hätte sie sich jetzt an ihre Mama gekuschelt und ihr alles erzählt! Aber dann hätte sie bestimmt mächtig Ärger bekommen und Lynn hätte ihr nie mehr erlaubt, auf Tiffi aufzupassen oder überhaupt irgendwas anderes zu tun, als zur Schule zu gehen, zu essen und zu schlafen.

Darum schüttelte Lele nun schnell den Kopf, versuchte ein Grinsen aufzusetzen und heiter zu klingen: „Ach, Mama, keine Laus. Die Queens und die Kings befinden sich nur mal wieder im Krieg, das ist alles!“

Lynn blickte Lele prüfend an. „Okay, wenn du meinst … Du kannst aber immer zu mir kommen, wenn was ist. Das weißt du, ja?“

Lele nickte, ihre Mutter breitete ihre Arme aus und Lele kuschelte sich an sie.

Mache jeden Tag ein Kreuz und verbinde am Ende die Kreuze zu deiner Stimmungs-kurve

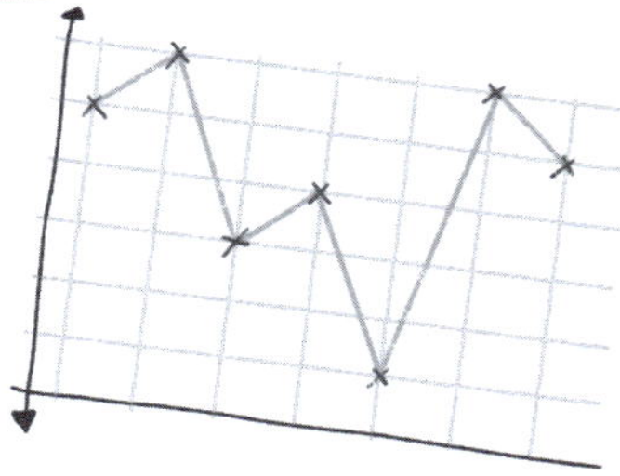

Auslöser/Was ist passiert?

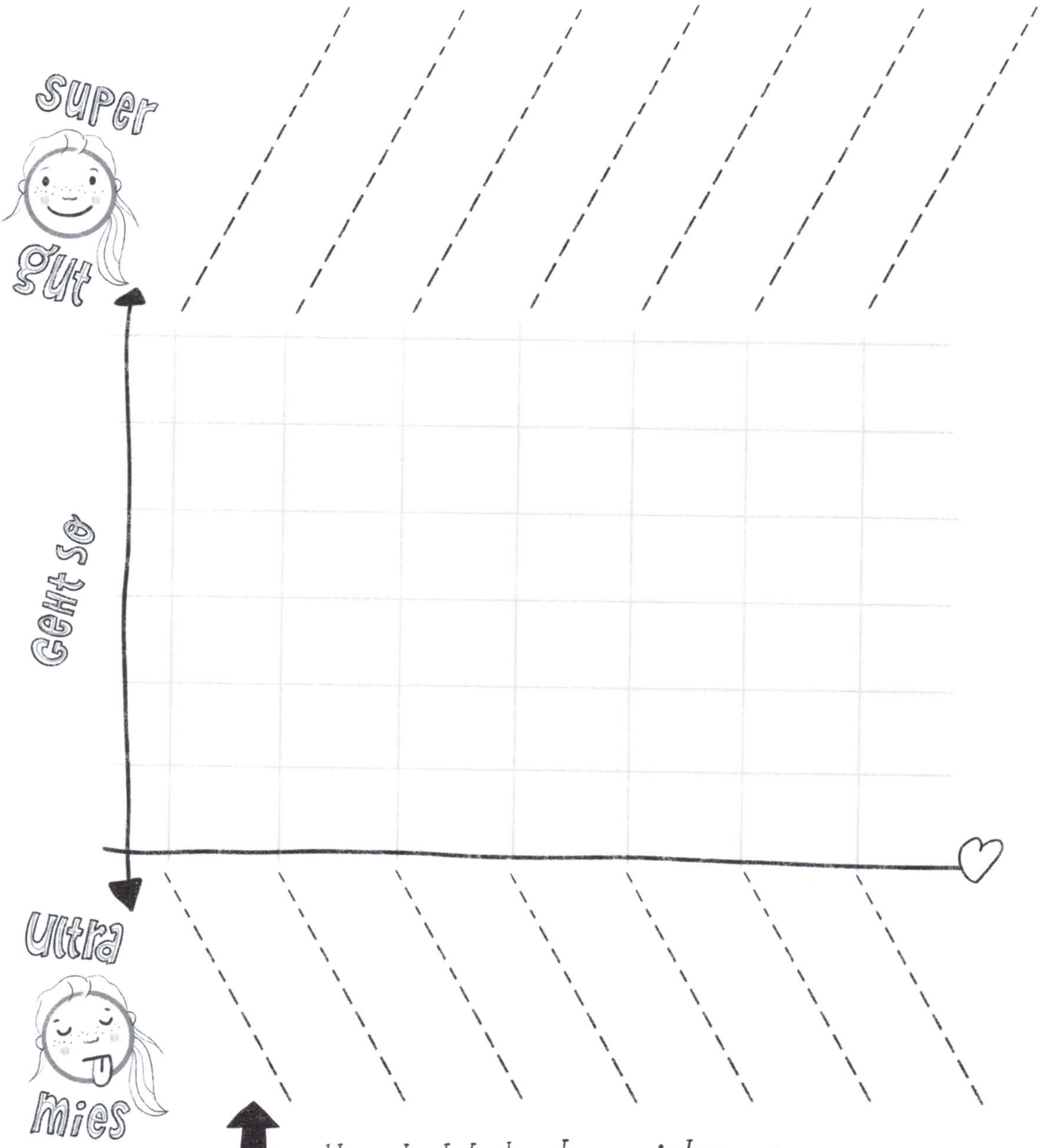

Hier die Wochentage eintragen

9. Traurige Nachtgedanken und eine Rettungsidee

Es war zum Ausrasten! Es wurde bereits dunkel und sie hatten Tiffi noch immer nicht gefunden. Jetzt hielten die Queens und die Kings eine konspirative Sitzung an der Bushaltestelle ab.
„Und wenn wir doch unseren Eltern Bescheid sagen?", schlug Elif vor.
Devin nickte. „In diesem speziellen Fall würde ich meiner Schwester einmal zustimmen."
Elif verdrehte die Augen. „Was heißt hier *einmal?*"
„Niemals!", riefen Lele und Kolja gleichzeitig.
Kolja räusperte sich. „Ich mein, das bringt doch nichts …"
„Lasst uns bitte morgen weitersuchen!", sagte Lele. „Wir haben doch noch fast den ganzen Sonntag, bevor die Würglers zurückkommen."
„Ich hab aber keinen Bock mehr auf diese Kack-Suche!", rief Loris. „Ich kann meinen Sonntag wirklich besser verbringen. Zum Beispiel auf dem Bolzplatz."

„Ja genau. Ich hab auch keine Lust mehr", stimmte ihm Devin zu.
„Aber wir sitzen alle in einem Boot", sagte Elif. „Ihr könnt nicht einfach so aussteigen!"
„Vielleicht ja doch", meinte Loris. „Der Hund ist doch euer Problem. Nicht meins."
Lele, Cleo und Elif blickten sich mit großen, fassungslosen Augen an.
„Wer hat Lust auf Käsekuchen?", murmelte Cleo und Lele zuckte mit den Schultern.
„Scheint so …"
Elif schüttelte den Kopf und sah die Jungs wütend an. „Ihr wisst aber schon noch, was mit der Drohne passiert, wenn wir den Hund nicht wiederfinden?"
„Wir meinen das todernst!", rief Cleo.
Lele konnte sehen, wie sich Koljas Gesichtsausdruck schlagartig veränderte. Die ganze Zeit war er schon ungewohnt still gewesen, nun aber blickte er seine zwei Freunde richtig panisch an. „Leute, bitte! Ihr könnt mich doch jetzt nicht hängen lassen!"
Loris verdrehte die Augen und seufzte. „Okay, dann suchen wir den Köter eben noch morgen Vormittag. Aber dann reicht es auch!"
„Länger bekommt ihr auch nicht Zeit. Wenn Tiffi bis zwölf

Uhr mittags nicht zurück ist, wird die Drohne zerstört", drohte Cleo.
Lele blickte ihre Freundin erschrocken an. So genau hatten sie das noch gar nicht besprochen. Aber die Idee war gut! Das Ultimatum setzte die Jungs noch mehr unter Druck. Um zu überprüfen, ob sie recht hatte, sah Lele Kolja an. Kolja, das Großmaul, schluckte und starrte stumm zu Boden. Wieder tat er Lele fast leid. Aber nur fast. Kolja war ja selber schuld!

Als Lele wenig später im Pyjama unter ihrer Decke lag, wäre sie fast wieder aufgestanden, um heimlich weiterzusuchen. Aber draußen war es stockdunkel und sie musste sich schonen, um morgen wieder fit zu sein. Sie hoffte einfach ganz fest, dass es Tiffi gut ging. Dass der kleine, blöde Hund irgendwo im Warmen war und etwas zu fressen hatte.
Aber Lele konnte einfach nicht einschlafen! Sie wälzte sich so lange hin und her, bis es ihr irgendwann zu blöd wurde und sie das LwD-Buch aus ihrem Rucksack hervorholte. In ihrem Bett liegend schrieb sie einen neuen Eintrag:

UNTRÖSTLICH-TRÜBSELIG-ZU-TODE-BETRÜBT!

Was man tun kann, wenn man so RICHTIG VERZWEIFELT ist …

* Positiv denken!
* Schreien!
* So lange kreativ vor sich hin schimpfen, bis einem nichts mehr einfällt!
* Nicht den Mut verlieren. Es gibt immer eine Lösung!
* Nach einer anderen Lösung suchen. Manchmal muss man einfach in eine ganz andere Richtung denken!
* Sich Hilfe holen!
* Drüber schlafen!
  Manchmal sieht die Welt am nächsten Tag ganz anders aus.
  (Und Tiffi steht plötzlich schwanzwedelnd vor der Tür!)

Über ihren letzten Eintrag musste Lele schmunzeln. Dann sank ihr Kopf auf das Buch und sie schlief ein.

Beste Freundin und Kakao mit Sahne – wer oder was kann dich aufheitern?

10. Ein Geist namens Kolja

Die Luft war noch frisch, als sich die Queens und die Kings am nächsten Morgen an der Bushaltestelle trafen.
„Wir müssen methodischer vorgehen", meinte Devin.
„Okay, was schlägst du vor?", fragte Lele.
Devin wühlte in seinem Rucksack und breitete schließlich ein großes Stück Papier auf der Wartebank aus. Lele traute ihren Augen nicht: Devin hatte das ganze Viertel von Hand aufgezeichnet und in verschiedene Abschnitte eingeteilt. Er hatte einen richtigen Plan erstellt!
„Jeder von uns sucht systematisch einen bestimmten Bereich ab. So können wir am sichersten sein, dass wir nichts übersehen", erklärte er.
Lele war beeindruckt von Devins Vorschlag. Sie dachte an die Liste, die sie gestern Nacht geschrieben hatte. Hier kam eine Lösung, an die sie nicht gedacht hatte. Es war fremde Hilfe – und die tat so gut!

LABYRINTH:

Wie kommt TIFFI zum Knochen?

Schnell teilten sich die Kinder auf. Da Lele am Ende der Weberstraße wohnte, wurde ihr dieser Bereich zugeteilt. Kolja, der am Anfang derselben Straße wohnte, bekam den anderen Abschnitt, Cleo die gegenüberliegende Straßenseite, Devin, Elif und Loris die Fabrikstraße.

Sofort machten sich alle auf die Suche. Lele ging genauso vor, wie Devin es ihnen erklärt hatte: Zuerst überprüfte sie jeweils den Vorgarten des Hauses. Dann stieg sie die Treppen hoch und lugte auf jeder Etage hinter die Schirmständer und Schuhablagen, immer in der Hoffnung, dass sich das Hündchen irgendwo im Treppenhaus versteckt hatte. So arbeitete sie sich vorwärts, ohne nur die geringste Spur von Tiffi zu entdecken.
Nach den Treppenhäusern war das unterirdische Kellersystem an der Reihe. Das dauerte viel länger. Endlos lange. Lele hatte von zu Hause eine Taschenlampe mitgenommen und leuchtete jetzt damit in jedes dunkle Kellerverlies. Hier unten war es viel schwieriger zu erkennen, ob sich der Hund irgendwo versteckt hielt. Die Lichtverhältnisse waren einfach zu schlecht und in den einzelnen Kellerabteilen stand so viel Gerümpel rum, dass man unmöglich wissen konnte, ob man wirklich jeden Winkel ausgeleuchtet hatte. Ganz abgesehen davon, dass Lele die

einzelnen Abteile nicht betreten konnte, da sie natürlich abgeschlossen waren. Und wenn Lele ehrlich war, musste sie zugeben, dass sie auch ein ganz kleines bisschen Angst hatte, so allein hier unten.

Lele ging schneller und versuchte, dennoch so lautlos wie möglich zu sein, um auch jedes noch so leise Geräusch mitzukriegen. Vielleicht hörte sie Tiffi ja wimmern oder bellen.

Plötzlich knackte es hinter ihr und Lele fuhr zusammen. Sie blieb stehen und leuchtete die dunklen Steinplatten ab, über die sie gerade gelaufen war. Es knackte noch mal.

Lele horchte. „Tiffi?", fragte sie in die Finsternis hinein.

Nichts.

Lele tapste weiter.

„Buh!!!", machte es plötzlich direkt hinter ihr und Lele sprang wie ein Flummi Richtung Decke. Dabei ließ sie die Taschenlampe fallen, die augenblicklich den Geist aufgab.

„Aaaaaahhhh!", rief Lele und rannte davon. Sie glaubte ja nicht an Geister, aber das hier war ganz offensichtlich eine Ausnahme!

„Hahaha!", hörte sie da plötzlich hinter sich.

Halt mal, dachte Lele, blieb stehen und drehte sich um. Im Schein einer schmalen Fensterluke erkannte sie Kolja, der ein paar Meter entfernt stand und sich den Bauch vor Lachen hielt.

„Vollidiot!", brüllte Lele in seine Richtung. Sie war stinksauer! Also ehrlich gesagt vor allem auf sich selbst. Wie konnte sie nur so blöd sein und sich von dem Vollpfosten erschrecken lassen! „Gegenangriff!", murmelte sie leise.
„Ja okay, haha! Genug gelacht", rief sie Richtung Kolja. „Sonst lachst du bald gar nie mehr. Ich sage nur: Bye-bye Drohne."
Lele fand es mittlerweile selber doof, dass sie Kolja immer mit derselben Drohung kam. Aber sie wusste sich momentan einfach nicht anders zu helfen. Und es wirkte. Kolja hörte auf zu lachen.
„Okay, okay, alles klar", meinte er. „Aber du weißt schon, dass dieser Teil hier mir zugeteilt wurde?" Er zeigte um sich herum.
Das war Lele tatsächlich nicht aufgefallen. Sie war einfach von einem Keller zum nächsten gewandert und hatte dabei gar nicht gemerkt, dass sie in Koljas Bereich gelandet war.
„Und? Irgendeine Spur?", fragte sie und hatte bereits Angst vor Koljas Antwort.
Der schüttelte den Kopf. „Nichts."
„Das heißt", begann Lele, „dass wir die ganze Weberstraße bereits abgegrast haben, ohne auch nur den kleinsten Hinweis zu finden? Das darf doch nicht wahr sein!"
So viele Gefühle wollte Lele eigentlich gar nicht vor Kolja

zeigen, aber sie konnte im Moment einfach nicht anders. Es war doch wirklich zum Ausrasten! Missmutig trottete sie Richtung Ausgang.

„Warte!", rief Kolja ihr hinterher. „Hast du wirklich überall geguckt? Was ist mit der Putzkammer?"

Lele drehte sich um. „Was für eine Putzkammer?"

„Die Würglers haben doch eine Putzkammer! Da haben sie alle ihre Putzsachen drin und so."

Davon hatte Lele noch nie gehört. Sie überlegte: „Falls Tiffi zu ihrem Frauchen und ihrem Herrchen zurückwollte, die aber nicht zu Hause waren, könnte es gut sein, dass sie dahin gelaufen ist …"

„Ja eben!", meinte Kolja.

Sie rannten den Weg zurück, den Lele gerade gekommen war. Kolja wusste, dass die Putzkammer im Haus Nummer 17 lag. Sie sei gleich auf der rechten Seite, wenn man die Treppe runterkäme, erklärte er Lele. Und tatsächlich: Da war diese schmale Tür direkt neben der Kellertreppe. Lele hatte sie glatt übersehen. Doch als sie sich ihr nun näherten, sahen sie, dass sie einen ganz kleinen Spalt offen stand. Leles Herz machte einen Luftsprung und sie schöpfte neue Hoffnung. Kolja zog am Türgriff und die beiden blickten in einen stockdunklen Raum.

„Komm!", flüsterte Kolja und sie betraten die Kammer.

Hinter ihnen quietschte die Tür und fiel ins Schloss.
„Wo ist denn hier das Licht?“, flüsterte Lele und tastete die Wand ab.
„Ich glaub, ich hab draußen einen Schalter gesehen“, meinte Kolja und suchte nach der Tür.
„Sie ist zu! Die Tür ist zu!“, rief er einige Sekunden später.
„Das kann doch nicht sein, lass mal sehen!“, sagte Lele und tastete selber nach der Türklinke.
„Das ist nur ein Knauf und er lässt sich nicht drehen!“, rief Kolja.
Lele hielt den Atem an. „Du meinst, wir sind eingesperrt?!“

11. Hilfe! Allein mit dem Erzfeind!

„Wenn du mich vorhin nicht so erschreckt hättest, hätten wir jetzt wenigstens eine Taschenlampe!“, schimpfte Lele.
„Wenn du besser aufgepasst hättest, wäre die Tür nicht ins Schloss gefallen!“, gab Kolja zurück.
„Wenn ihr Tiffi nicht entführt hättet, dann müssten wir jetzt nicht nach ihr suchen und wären gar nicht erst hier gelandet!“, fauchte Lele.
„Ihr hättet die Drohne ja auch einfach wieder rausrücken können, dann hätten wir Tiffi auch nicht zu kidnappen brauchen!“, brüllte Kolja.
Dann schmollten sie beide.
Langsam gewöhnten sich ihre Augen an die Dunkelheit und Kolja nahm die Tür noch mal genauer unter die Lupe.
Lele durchsuchte währenddessen die Kammer nach brauchbarem Werkzeug. Leider war das Angebot sehr übersichtlich. Abgesehen von einer Sammlung

von Eimern, Besen und Wischmops gab es nur noch ein paar Gartenwerkzeuge.
„Es ist wirklich nur so ein doofer Knopf, der sich nicht drehen lässt", sagte Kolja nach eingehender fachmännischer Untersuchung der Tür.
„Schau mal, vielleicht geht's damit", sagte Lele und hielt eine Harke hoch. Sie war das Beste, was sie hatte finden können.
Kolja fing an zu lachen. „Ne Harke? Ey, bist du blöd oder was?"
Lele merkte, wie sie rot wurde. „Idiot!", murmelte sie und fing an, mit der Harke an der Tür zu hantieren. Sie versuchte mit deren Zähnchen durch den Spalt zwischen Tür und Rahmen zu gelangen, aber sie kam einfach nicht dazwischen. Es funktionierte nicht.
„Was hab ich gesagt?", meinte Kolja, der hinter ihr stand.
Lele ließ die Harke los. „Hast du eine bessere Idee?"
Kolja legte sein Ohr an die Tür, horchte und fing an, mit den Fäusten dagegenzuhämmern. „Haalloooo!", rief er. „Ist da jemand?"
„Na toll", meinte Lele. „Das nenn ich mal 'nen Masterplan, da wäre ich ja nie drauf gekommen!"
Kolja machte einen Schritt zur Seite. „Gut, was schlägt Frau Superschlau denn vor?"

Lele fiel tatsächlich auch nichts mehr ein und so zuckte sie nur mit den Schultern.

„Eben!", sagte Kolja und setzte sich auf einen der Eimer.

Lele zögerte. Dann setzte sie sich neben ihn.

Keiner der beiden sagte mehr was. Die Stille war Lele unangenehm. Überhaupt fühlte sie sich plötzlich ganz komisch, so allein mit Kolja. Sie merkte, wie sie immer unsicherer wurde. Wie gerne hätte sie jetzt was Freches gesagt. Oder zumindest einen lustigen Spruch gemacht. Um sich abzulenken, begann Lele, in ihrem Kopf eine passende Liste anzufertigen:

Und der Peinlichkeitspokal geht an ...

Wie man sich nicht blamiert, wenn einem plötzlich die große Klappe abhandenkommt!

Regel Nr. 1: Sich nichts anmerken lassen!

Regel Nr. 2: Cool woanders hinschauen.

Regel Nr. 3: Gelangweilt tun, wenn er was sagt.

(Nur ein müdes Lächeln dafür übrig haben.

Oder auch: die Augen verdrehen.)

ERDBODEN tu dich auf – was findest du total peinlich?

PEINLICH?

ja ☐ nein ☐

ja ☐ nein ☐

ja ☐ nein ☐

Plötzlich räusperte sich Kolja und murmelte: „Tut mir leid. Also das mit Tiffi. Und das hier natürlich auch."
Lele zögerte. Was sollte sie denn darauf antworten? Wie lautete noch mal Regel Nummer drei ihrer Coolness-Liste?
„Ja, blöd gelaufen", sagte sie schließlich.
Aus den Augenwinkeln sah sie, wie Kolja den Kopf in die Hände stützte.
Sie gab sich einen Ruck. „Tut mir auch leid. Wegen deiner Drohne, mein ich."
Kolja seufzte nur.
„War sie denn sehr teuer?", fragte Lele.
Kolja sagte nichts. Er schüttelte den Kopf.
„Deine Eltern drohen bestimmt, dass sie dir nie mehr so was Teures schenken, wenn du nicht darauf aufpassen kannst, stimmt's? Also meine Mama …"

Kolja unterbrach sie: „Mann! Sie gehört mir doch gar nicht!"
„Wie …?" Lele verstand jetzt gar nichts mehr.
Mit einem Ruck stand Kolja auf und kickte mit dem Fuß nach dem Eimer, auf dem er eben noch gesessen hatte. „Sie gehört doch meinem Vater …"
„Was?!", rief Lele. Und dann: „Oh nein …!"
In diesem Moment hörten sie von draußen ein Gepolter, gefolgt von lebhaften Stimmen.

Sofort sprang Lele an die Tür, klopfte und rief: „Hallo! Hier sind wir! Hilfe!“
Die Stimmen kamen näher und einen Augenblick später ging schon die Tür auf. Vor ihnen standen Loris und Devin und grinsten.
„Danke!“, sagte Lele und schritt schnell zwischen den beiden hindurch nach draußen.
„Was habt ihr zwei denn hier …?“, fragte Loris, der sofort von Kolja unterbrochen wurde: „Frag nicht!“, zischte er und trat ebenfalls ins Freie.
Und bevor Lele noch irgendetwas sagen konnte, stieg Kolja bereits die Kellertreppe hoch, gefolgt von seinen zwei Freunden.

12. In letzter Minute gestoppt

Lele drehte sich nicht mehr nach den Jungs um, sondern lief zügig die Weberstraße hinunter. Schon ein paar Häuser weiter kamen ihr Cleo und Elif entgegen.
„Und?“, fragten sie.
„Was?“, fragte Lele, die von ihrem unfreiwilligen Aufenthalt in der Putzkammer noch ganz mitgenommen war.
„Was wohl?! Hast du Tiffi gefunden?“, fragte Cleo.
Lele schüttelte den Kopf.

„Ihr in dem Fall wohl auch nicht?“, fragte sie und ihre Freundinnen zuckten traurig mit den Schultern.
„Spurlos verschwunden. Wie in Luft aufgelöst!“, meinte Elif.
„Wo warst du denn so lange?“, fragte Cleo. „Wir haben dich schon überall gesucht. Wir werden noch zu spät kommen!“
„Zu spät? Wozu?“, fragte Lele.

„Hallo? Unser Ultimatum? Schon vergessen?", sagte Elif und Cleo hielt die Drohne in die Luft. „Rache muss sein! Lasst uns zur Tat schreiten!"
Mist! Das hatte Lele tatsächlich komplett vergessen! Bevor sie etwas sagen konnte, spazierten die anderen beiden bereits Richtung Sportplatz los.
Dort standen auch schon Kolja, Loris und Devin und machten lange Gesichter. Cleo legte die Drohne in einem Sicherheitsabstand von etwa zwanzig Metern auf den Boden, dann stellten sich die Mädchen den Jungs gegenüber auf.
Keiner der sechs schien große Lust zu haben, stark oder cool zu wirken. Lele versuchte, in Koljas Augen zu blicken und darin zu lesen, wie es ihm ging. Der schien ihren Blick aber zu meiden und starrte konsequent in den Himmel. Fast so, als ob ihn das Ganze gar nichts angehen würde.
Lele konnte nicht mehr klar denken. Sie war nur noch traurig. War es nicht total sinnlos, die Drohne zu zerstören? Das machte doch alles nur noch schlimmer! Für alle! Lele war so in Gedanken, dass sie nicht mal die Blicke von Elif und Cleo bemerkte. Die beiden warteten darauf, dass Lele was sagte. Weil nichts kam, fing schließlich Cleo an zu sprechen: „Und? Habt ihr sie?", fragte sie in die Runde, obwohl es offensichtlich war, dass die Jungs den Hund nicht dabeihatten.

„Na dann …“, sagte Elif, „dann bleibt uns wohl nichts anderes übrig, als zur Tat zu schreiten.“

Wieder blickten die beiden Lele an, die immer noch wie erstarrt neben ihnen stand und sich nicht rührte.

Cleo und Elif nickten sich zu und Elif sagte: „Cleo, dann schreite nun bitte zur Tat!“

Cleo lief auf die Drohne zu.

Loris und Devin, die links und rechts neben Kolja standen, wurden unruhig.

„Manno! Lass uns doch die Drohne holen, bevor sie platt ist!“, flüsterte Loris Richtung Kolja.

„Loris hat recht. Wir können doch nicht tatenlos zusehen!“, flüsterte Devin.

Kolja rührte sich nicht. Auch er sah aus wie versteinert.

„Hey, was läuft? Gebt mir mal ein GO!“, rief Cleo ihren Freundinnen zu.

„Willst du zählen?“, fragte Elif Lele.

Doch Lele schüttelte nur schwach den Kopf.

Elif drehte sich halb zu Cleo um, halb blieb sie den Jungs zugewandt. Mit lauter Stimme rief sie: „Eins!“

Cleo stellte sich auf ihr Board und brachte sich in Position.

Devin zischte: „Kolja! Sag doch! Was machen wir jetzt?!“

Elif rief: „Zwei!“

Cleo nahm die Drohne ins Visier.
Loris rüttelte an Koljas Arm. „Ich schnapp mir jetzt diese Drohne!“
Elif holte Luft und rief: „Drei!“
Cleo fuhr an.
Loris rannte los.
„Stopp!!!“, rief Lele und augenblicklich bewegte sich niemand mehr.
Alle schauten erstaunt Richtung Lele.
Lele selbst war für einen Moment überrascht. „Äh …“, sagte sie und blickte in die fragenden Gesichter der anderen. Sie musste Zeit schinden, so viel war klar.
„Wir müssen uns kurz zu einer Besprechung zurückziehen“, meinte sie schließlich Richtung Jungs. „Sorry!“, raunte sie Elif zu, als die ihr stirnrunzelnd hinterherrannte.
„Was sollte das denn?“, fragte Cleo wenig begeistert, als Lele und Elif bei ihr ankamen.
Lele zuckte mit den Schultern. „Ich weiß nicht … Was bringt es denn, wenn wir die Drohne kaputt machen? Davon kommt Tiffi ja auch nicht wieder zurück …“
„Das nicht“, gab Elif zu, „aber wir müssen das durchziehen, sonst wirken wir doch total inkonsequent[6]!

6 Inkonsequent ist man, wenn man nicht das tut, was man vorher angekündigt hat.

Hier kannst du alle **FREMDWÖRTER** sammeln, die **ELIF** in diesem Buch benutzt!

Dann werden die uns ab jetzt nur noch auf der Nase rumtanzen!"

„Genau!", rief Cleo.

Lele seufzte. Es musste doch eine Möglichkeit geben, wie sie ihre zwei Freundinnen davon überzeugen konnte, die Drohne nicht zu zerstören, und wie die Queens vor den Kings trotzdem nicht so wirkten, als ob sie nicht zu Ende brächten, was sie angekündigt hatten.

Lele dachte angestrengt nach. Plötzlich strahlte sie. „Wir brauchen die Drohne! Versteht ihr? *Wir* brauchen sie!"

Cleo und Elif verstanden ganz offensichtlich nicht, was sie meinte.

„Die Drohne ist unsere Chance, Tiffi doch noch zu finden!", erklärte Lele schnell und wurde ganz aufgeregt.

„Ach so!", rief Elif nun. „Du meinst, wir können die Drohne nutzen, um nach Tiffi Ausschau zu halten? Clever!"

„Aber wir haben die Fernsteuerung ja nicht. So ist das Ding doch völlig nutzlos", wandte Cleo ein.

„Ich bin sicher, die Fernsteuerung werden die Jungs uns mit Freude überlassen, wenn die Drohne dafür am Leben bleibt!", antwortete Lele und grinste über das ganze Gesicht. Sie war so froh! Die Drohne war bis auf Weiteres gerettet und ihre Chance, Tiffi doch noch zu finden, war gleichzeitig immens gestiegen!

Die drei Mädchen gingen zurück zu den Jungs und Lele erklärte ihnen ihren Plan. Kolja und die anderen zwei hörten ihr aufmerksam zu.
„Krass! Warum sind *wir* nicht darauf gekommen?", rief Loris und sah Kolja und Devin fast vorwurfsvoll an.
„Das ...", antwortete Cleo cool und verschränkte die Arme, „das haben wir uns auch gefragt."
„He! Nur nicht frech werden", meinte Loris und Cleo wollte gerade zu einer Antwort ansetzen, da machte Kolja einen Schritt auf Lele zu und streckte ihr die Hand entgegen.
„Okay, so machen wir das. Deal!"
Lele schlug ein. „Deal!"

13. Bio-Experimente und andere Notlügen

Gemeinsam machten sich die sechs Kinder in Richtung von Koljas Wohnung auf.

Plötzlich spürte Lele eine Hand auf ihrer Schulter. Es war Kolja, der seinen Zeigefinger auf seine Lippen legte. „Psst!“, sagte er. Dann gab er ihr zu verstehen, dass sie langsamer gehen sollte. Die beiden ließen sich zurückfallen und als die anderen außer Hörweite waren, flüsterte er: „Danke!“

Lele lächelte. Im selben Augenblick fiel ihr ein, dass sie die coole Erzfeindin mimen musste. „Ich will nur Tiffi finden. Das ist alles!“

„Klar“, sagte Kolja schnell und fing an herumzustottern: „Es ist nur so … also …“ Er schluckte. Dann sagte er: „Ich weiß nicht, wo diese dumme Fernbedienung ist!“

„Oh“, sagte Lele, „das ist natürlich … blöd.“ Sie überlegte. „Aber so weit kann sie ja nicht sein. Und wenn wir alle

zusammen bei dir danach suchen, dann finden wir sie sicher ganz schn…"
Kolja unterbrach sie: „Das ist ja das Problem. Wenn ich das den anderen erzähle, dann erfahren sie, dass die Drohne gar nicht mir gehört. Das geht nicht! Verstehst du?"
„Hm", sagte Lele und dachte nach. Zum einen fand sie, dass ihr das ja egal sein konnte. Das war Koljas Problem! Andererseits verstand sie ihn. An seiner Stelle hätte sie auch nicht gewollt, dass die anderen von so einem Bluff erfuhren.
„Verstehe", sagte sie schließlich. „Dann dürfen die anderen eben nicht mitkommen, wenn wir sie suchen gehen. Ich hab da schon eine Idee!" Lele schloss zu den anderen auf, die gerade dabei waren, in die Weberstraße einzubiegen.
„Wartet mal!", rief sie und sagte dann: „Ich denke, es sollten nicht alle zu Kolja mitkommen. Ihr wisst doch, wie viele Kinder die zu Hause sind. Koljas Eltern kriegen mit Sicherheit die Vollkrise, wenn wir zu sechst da auftauchen, stimmt's Kolja?"
Kolja nickte.
„Okay, ich begleite Kolja", sagte Loris und wollte bereits weitergehen.
Kolja und Lele blickten sich panisch an, dann sagte Lele schnell: „Ich find's zwar voll ätzend, aber ich denke, ich muss

Kolja begleiten. Immerhin hab ich den besten Draht zu seinen kleinen Geschwistern und wir wissen ja alle, wie nervig die sein können, wenn sie dazwischenfunken." Sie verdrehte theatralisch die Augen.
„Was? Du? Seit wann kannst du denn mit Kleinkindern?", fragte Cleo ernsthaft irritiert.
Nun war Kolja an der Reihe: „Doch, doch, Lele kann richtig gut mit denen. Fragt mich nicht, was die an ihr finden. Jedenfalls glaub ich auch, dass es am besten ist, wenn Lele mitkommt."
Lele und Kolja nickten noch mal bekräftigend, wurden aber dennoch von vier misstrauischen Augenpaaren angeguckt.
„Pff!", sagte Loris schließlich. „Wenn ihr meint …"
„Okay, dann bis gleich!", riefen Lele und Kolja schnell und flitzten los.

Nun mussten sie sich beeilen, sonst würden die anderen Verdacht schöpfen. Aber wo konnte diese blöde Fernbedienung nur sein? Ziemlich bedeppert standen die beiden im Flur von Koljas Wohnung, schauten sich suchend um und wussten nicht weiter. Dabei wurden sie neugierig von Koljas drei kleineren Geschwistern beäugt, die ihre Köpfe aus ihren Zimmertüren streckten.
„Kolja, geht doch bitte nach draußen spielen, ja?", meinte nun

Koljas Mama, die plötzlich auch im Flur stand und versuchte, einen vollen Wäschekorb an ihnen vorbei ins Bad zu bugsieren.
Lele war froh, dass Koljas Papa offenbar nicht zu Hause war. Seit sie erfahren hatte, dass die Drohne ihm gehörte, hatte sie ihm gegenüber ein total schlechtes Gewissen. Immerhin hatte *sie seine* Drohne gestohlen!
„Gleich, Mama. Ich will Leonie nur ein paar meiner Notizen für ihr Bio-Experiment mitgeben."
Koljas Mutter blieb stehen – und fing an zu lachen. „Du warst ja schon immer ein schlechter Lügner. Aber dass Leonie Notizen von *dir* für *ihr* Experiment möchte … Come on! Fällt euch nichts Besseres ein?"

„Come on?", flüsterte Lele belustigt Richtung Kolja.
Der schüttelte halb amüsiert, halb genervt den Kopf. „Frag nicht. Meine Eltern reden immer so merkwürdig. Ich glaube, sie denken, das sei cool …"
Koljas Mutter lachte immer noch, während sie im Bad verschwand. Man hörte, wie sie anfing, die Wäsche in die Maschine zu stopfen.
Lele zeigte unauffällig auf die Hutablage am Eingang. „Da war die Drohne", flüsterte sie Kolja zu.
Der nickte. „Ich weiß. Ein Glück, dass Papa noch nicht

bemerkt hat, dass sie weg ist. Aber die Fernbedienung liegt nicht da. Das hab ich schon vor langer Zeit abgecheckt."
„Wir müssen uns einfach überlegen, wo Erwachsene solche Dinge aufbewahren", meinte Lele. „Wenn er befürchtet hat, dass ihr, also seine Kinder, damit Blödsinn anstellt, dann wird er sich überlegt haben, wo ihr die Fernbedienung nicht vermuten würdet. Ungefähr so wie bei Weihnachtsgeschenken. Also, wo verstecken deine Eltern die Weihnachtsgeschenke?"
Noch bevor Lele zu Ende gesprochen hatte, war sie bereits dabei, in ihrem Kopf eine Liste zu erstellen:

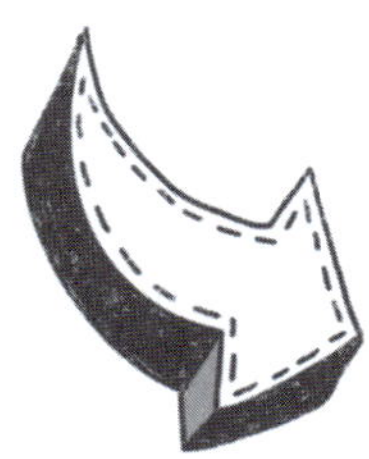

GEHEIMVERSTECKE, auf die selbst Eltern kommen

1. Unterm Bett! Der Klassiker!
2. Auf dem Schrank! Auch ein Klassiker ...
3. In der Nachttischschublade
4. In unauffälligen Boxen, z. B. Schuhschachteln
5. Unter Klamotten oder Handtüchern
6. In Geheimfächern, z. B. in Schreibtischen

Was möchtest du in diesem SCHATZKÄSTCHEN verstecken?

Möglichst lautlos klapperten Kolja und Lele ein denkbares Versteck nach dem anderen ab und gaben sich alle Mühe, nicht zu auffällig zu wirken. Sie wurden dabei nämlich auf Schritt und Tritt von Koljas jüngeren Geschwistern verfolgt.
„Vielleicht hast du die Notizen unter das Bett deiner Eltern gelegt", meinte Lele.
Unter den misstrauischen Blicken seiner Geschwister guckte Kolja unter das Bett, fand aber nichts außer einer Handvoll Staubmäuse, die ihn zum Niesen brachten.
„Ich glaube fast, ich habe sie in ihrem Nachttisch liegen lassen", sagte Kolja und zog an der Schublade.

Die beiden mussten sich einen Freudenschrei verkneifen, denn da, neben ein paar Socken, lag tatsächlich die Fernbedienung! Lele jubelte innerlich, während sie ganz cool zu Kolja sagte: „Hm … ich glaube, wir müssen das mit den Notizen bleiben lassen. Ich geh jetzt. Ich hab nämlich noch was ganz Spannendes vor. Tschüss!"
Sie lief aus dem Zimmer und betete, dass ihr Plan funktionierte. Und wirklich: Schon kamen Koljas Geschwister hinter ihr hergerannt. Während Lele am Boden hockte und sich die Schuhe zuschnürte, wurde sie von ihnen regelrecht bestürmt. Die Kleinen wollten wissen, was Lele denn noch

Spannendes vorhatte und vor allem, ob sie mitkommen dürften.

„Bitte, bitte, bitte!“, riefen die drei im Chor.

„Ja klar, dürft ihr mitmachen!“, sagte Lele übertrieben beschwingt zu ihnen. „Ich kann jede Hilfe gebrauchen, wenn ich mit meinem Bio-Experiment beginne. Ich habe extra einen ganzen Stamm roter Ameisen gezüchtet. Die gilt es jetzt zu beobachten. Da passiert zwar stundenlang nichts und wenn, dann wird man von den Viechern angepinkelt, was ziemlich schmerzhaft sein kann, aber hey, das nenn ich Spaß!“

„Ach so …“, sagte Mia, „also ich weiß nicht … ich müsste eben auch dringend mal mein Zimmer aufräumen …“

„Das klingt voll langweilig und eklig, da mach ich bestimmt nicht mit!“, rief Liam.

Lele sah durch die offene Zimmertür, wie Kolja ihr zuhörte und schmunzelte. Gerade hatte er die Fernbedienung in seinem Rucksack verschwinden lassen. Nun kam er zu Lele in den Flur und zog ebenfalls schnell seine Schuhe an.

Richtung Bad rief er seiner Mutter zu: „Wir gehen dann mal wieder. Ich helfe Lele jetzt bei ihrem Bio-Experiment. Du weißt schon …“

Seine Mutter streckte den Kopf aus der Tür. „Nur damit das klar ist: Ich glaub euch kein Wort, was dieses Experiment

anbelangt. Aber anyway: Solange ihr keinen Blödsinn macht und du, Kolja, zum Essen wieder da bist, frag ich lieber nicht weiter nach." Sie verschwand wieder im Bad.
„*Anyway?*", fragte Lele.
Kolja rollte mit den Augen. „Eltern!"

14. Eine ganz besondere Mutmach-Botschaft

„Endlich!“, rief Loris, als Lele und Kolja auf die anderen zurannten, die gelangweilt an der Kreuzung zwischen der Weber- und der Fabrikstraße standen.

„Warum habt ihr denn so lange gebraucht, Mensch?!“, sagte Cleo.

„Nun ja“, suchte Kolja nach einer Erklärung. „Sagen wir mal so …“

„Komplikationen“, meinte Lele schnell. „Aber jetzt sind wir ja da. Also lasst uns keine Zeit mehr verlieren!“

Sie beschlossen, die Drohne vom Parkplatz des nahen Supermarkts aus zu starten. Von hier würden sie die Drohne gut im Blick behalten können, auch wenn sie weiter weg sein würde.

Jeder wollte die Drohne steuern. Und zwar als Erster.

„Ihr habt ja schon mal, als ihr uns auf dem Dach ausspionieren wolltet“, argumentierte Cleo.

„Ja, darum wissen wir auch besser, wie's geht!", erwiderte Loris.
„Hauptsache, sie fliegt bald!", fand Lele, die im Kopf bereits die wenigen Stunden ausrechnete, die ihr blieben, bis die Würglers zurückkommen würden.
Endlich startete die Drohne. Loris steuerte. Er machte seinen Job erwartungsgemäß hervorragend. Dann übernahm Cleo, deren Flugstil nicht schlechter, nur etwas wilder war. Auch Devin und Elif steuerten das Ding mit Leichtigkeit. Und Kolja wusste sowieso, wie es ging. Sie hatten richtig Spaß an der Sache und überlegten gemeinsam, über welchen Bereich die Drohne als Nächstes fliegen sollte.

Einzig Lele saß etwas abseits auf dem Boden des Parkplatzes. Als Kolja ihr die Fernbedienung überreichte, damit sie auch mal steuern konnte, schüttelte sie den Kopf. Die anderen übernahmen gerne für sie.
Kolja aber setzte sich neben sie. „Mach dir keine Sorgen", sagte er. „Wir finden Tiffi."
Lele versuchte zu lächeln, obwohl ihr zum Heulen zumute war. „Ich hab mir schon mal eine Liste mit möglichen Konsequenzen gemacht, für den Fall, dass wir sie nicht mehr finden."
Kolja lachte. „Wirklich? Und? Was befürchtest du so?"
Lele fing an aufzuzählen:

Gefangen und eingekerkert!

Und andere schlimme Strafen …

Am wahrscheinlichsten:
Verbannung aus der Weberstraße
auf Lebenszeit. Mindestens!

Jeden Tag Putzdienst unter
den Fittichen der Würglers
bis ans Ende meiner Tage.

Einkerkerung in der Putzkammer
bei Wasser und Brot.

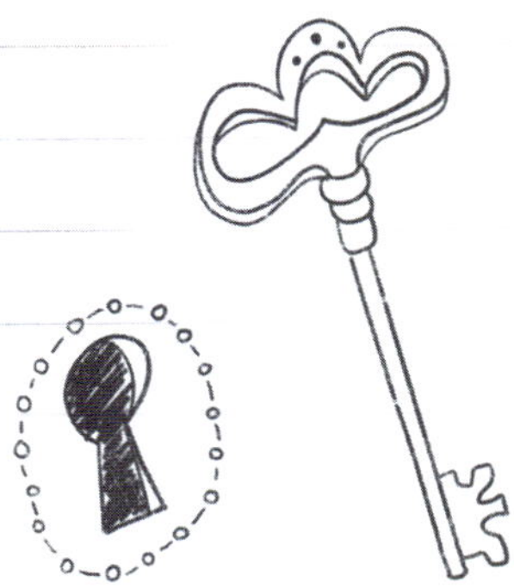

EINEN MONAT KNOBLAUCH zum Frühstück – was fallen dir für ultraschreckliche **STRAFEN** ein?

Kolja lachte. „Du bist echt witzig!“
Witzig? Lele fragte sich, ob das gerade ein Kompliment gewesen war. Von Kolja, ihrem Erzfeind, wohlgemerkt.
Vor allem aber hoffte sie, dass sie nicht rot geworden war.
Was sollte sie denn darauf erwidern? Ihr fiel ein Satz ein, den sie oft bei Erwachsenen hörte: „Dabei ist mir gerade so gar nicht zum Lachen zumute“, sagte sie und kam sich sofort blöd vor, weil so ein Spruch irgendwie nicht zu ihr passte.
Kolja sagte nichts. Stattdessen kramte er in seiner Hosentasche. Schließlich hielt er Lele einen zerknitterten Zettel hin: „Hier, hab ich gefunden.“
Lele faltete den Zettel auseinander und blickte ihn fassungslos an. Sie konnte nichts sagen, nur starren.
Sie kannte diesen Zettel. Es war ihrer. Es war ihre Mutmach-Botschaft, die sie an der Bushaltestelle versteckt hatte! Darauf stand der Satz, der ihr nur allzu bekannt war: „Am Ende wird alles gut. Wenn es noch nicht gut ist, ist es noch nicht das Ende.“
„Verstehst du?“, fragte Kolja, als Lele noch immer nichts sagte.
„Ich hab's zuerst auch nicht kapiert“, fuhr er fort, „aber jetzt, wo alles noch mal gut gegangen ist mit der Drohne, da hab ich's verstanden. Mach dir keine Sorgen: Wir finden Tiffi!“
Er lächelte Lele aufmunternd zu.
Lele wollte gerade etwas erwidern, doch sie wurde vom

Am
ENDE
wird alles
GUT.
Wenn es noch
nicht gut ist,
ist es NOCH NICHT das ENDE.

Geschrei der anderen daran gehindert. Sofort standen Lele und Kolja auf und liefen zu Devin, Cleo, Loris und Elif.
„Was ist denn los?", fragte Kolja in die Runde.
„Sie ist weg!", rief Devin.
„Wer?", fragte Lele.
„Die Drohne!", schrie Cleo.
„Sie war plötzlich nicht mehr zu sehen", erklärte Elif.
Lele spürte, wie sich in Kolja neben ihr augenblicklich alles zusammenzog. Wütend riss er Devin die Fernbedienung aus der Hand und begann, wie wild an ihren Hebeln zu drehen.
„Wo ist sie?!", schrie er und blickte in den wolkenverhangenen Nachmittagshimmel.
Lele stellte sich neben Elif. „Was ist denn genau passiert?"
Elif zuckte mit den Schultern: „Devin hat ganz normal gesteuert und plötzlich sauste die Drohne hinunter. So Sturzflug-mäßig."
„Kolja, das bringt doch nichts", sagte nun Devin. „Ich vermute, der Akku war leer und die Drohne ist deswegen abgestürzt."
„Dann lasst sie uns so schnell wie möglich wiederfinden!", rief Lele und alle stimmten zu. Endlich ließ auch Kolja von der Fernbedienung ab.

Gemeinsam liefen sie die Fabrikstraße hinunter und dann immer weiter, bis die Häuser aufhörten. Hier begannen die Felder. Elif und Devin lotsten die anderen. Die beiden hatten so was wie einen sechsten Sinn, wenn es um Orientierung ging. Obwohl sie die Drohne zuletzt wie alle anderen nur noch hoch oben am Himmel gesehen hatten, waren sie sich sicher, dass sie irgendwo am Rand der Felder abgestürzt sein musste.

15. Tiffi weg + Drohne weg = alles verloren?

Die Queens und die Kings standen am Rand des Feldweges und blickten über die weite Fläche. Das Feld vor ihnen war schon komplett gemäht worden und außer ein paar Bäumen und Heuballen gab es keinerlei Erhebungen. Dennoch war die Drohne weit und breit nirgends zu sehen.

„Oh Mann! Wir bräuchten eine Drohne, um die Drohne zu finden!", sagte Loris mit Blick auf das Feld.

„Ich sage nur: Systematik!", meinte Devin. Dann teilte er alle in Abschnitte ein und so begannen sie, nebeneinander hergehend das Feld abzusuchen.

Neben Lele lief Elif, die nun näher an sie heranrückte. „Ich wollte es ja nicht vor Kolja sagen, der scheint ja schon so am Ende mit seinen Nerven zu sein, aber …", sie schluckte, „… aber stell dir vor, mit welcher Geschwindigkeit die Drohne auf den

Boden gekracht sein muss. Da wird nicht mehr viel davon übrig sein …"

Lele blieb stehen. „Du meinst … sie könnte kaputt sein?!"

Elif wiegte ihren Kopf hin und her. „Na ja, was heißt hier ‚könnte'… also ich wüsste nicht, wie die es heil bis nach unten geschafft haben sollte … aber mach dir mal keine Sorgen. Der SD-Karte, auf der das Video gespeichert ist, ist bestimmt nichts passiert!"

Lele blickte rüber zu Kolja, der mit hängendem Kopf über das Feld trottete. „Oh je, der Arme", murmelte sie.

Doch auch nachdem sie das gesamte Feld abgesucht hatten, blieb die Drohne wie vom Erdboden verschluckt.

„Ich kann es mir einfach nicht erklären", meinte Devin kopfschüttelnd, nachdem alle am Rand des Feldes wieder zusammengekommen waren.

„Ich bin mir auch sicher, dass sie hier runtergekommen sein muss!", sagte Elif.

Lele überschlug derweil in ihrem Kopf die Zeit, die ihr noch bis zu der Rückkehr der Würglers blieb. Es waren nur noch gut zwei Stunden. Sie spürte, wie sich vor Angst alles in ihr zusammenzog.

„Mensch!", rief sie in die Runde. „Denkt nach! Was haben wir übersehen?!"

Fallen dir noch mehr **EMOJIS** ein?

Zeichne sie auf diese Seite!

Alle schwiegen und überlegten angestrengt.
„Lasst uns zurückgehen", sagte Devin schließlich.
„Ja stimmt, was sollen wir denn noch hier?", meinte auch Cleo.
Elif zuckte mit den Schultern. „Okay, lasst uns gehen."
Die drei setzten sich in Bewegung.
Lele blickte zu Kolja, der die anderen verzweifelt ansah, ohne etwas zu sagen.
„Wir gehen jetzt bestimmt nicht!", rief in diesem Moment Loris und alle guckten ihn überrascht an.
„Leute, wir sind *so* weit gekommen. Wir können doch jetzt nicht einfach aufgeben! Wir sind doch ein Team!", sagte er und schritt wieder hinaus aufs Feld.

Lele lächelte und lief ihm hinterher. Neben ihr lief Kolja und aus den Augenwinkeln konnte sie sehen, dass auch er lächelte.
Plötzlich begann Kolja zu rennen. Er überholte Loris, spurtete quer über das Feld und schrie: „Da ist sie! Da! Da!"
Lele rannte ihm hinterher und blickte in die Richtung, in die Kolja seinen Finger ausstreckte. Dann sah sie sie auch: Die Drohne hing, gut versteckt zwischen grünen Blättern, in der Krone eines Apfelbaums.
„Woohoo!!!", schrie Kolja und kam unter dem Baum zum Stehen.

„Yippie!!!", rief Lele und die beiden fielen sich in die Arme. Allerdings nur für eine Nanosekunde. So lange brauchte es, bis die beiden kapierten, dass sie gerade ihren Erzfeind umarmten. Also schnell wieder loslassen und so tun, als ob das nie passiert wäre.
Schon war auch Loris unter dem Baum angekommen und vollführte einen kleinen Freudentanz. Kurz darauf kamen Cleo, Elif und Devin dazu. Gemeinsam blickten sie in die Krone und schätzten, wie viele Meter diese wohl vom Boden entfernt war. Sie einigten sich auf mindestens zehn, da bemerkten sie, dass Kolja bereits dabei war, den Stamm hochzuklettern. Er war noch nicht besonders hoch und gerade dabei, nach dem ersten Ast zu greifen. In dem Moment fing er an zu rutschen und kam Sekunden später schon wieder auf dem Boden an. Er fluchte.
„Lass mich mal", meinte Loris.

Lele sah sofort, dass er als Parkour-Meister eine Ahnung von der Materie hatte. Er ließ sich Zeit und betrachtete den Baum zunächst aus allen Blickwinkeln. Dann erst nahm er Anlauf und sprang, erst mit dem einen, dann mit dem anderen Fuß, auf den Baumstamm drauf. Für einen Augenblick sah es aus, als könne er auf dem Stamm laufen, dann hielt er sich auch mit den Händen am Baum fest. Auf die Weise hatte er bereits die ersten Meter überwunden und hangelte sich nun elegant von Ast zu Ast, immer weiter nach oben. Die anderen feuerten ihn von unten lautstark an. Doch genau in dem Moment, als Loris die Drohne fast erreicht hatte, fing der Ast, an dem er sich gerade festhielt, an zu knarzen und brach ab. Loris fiel – und konnte sich in letzter Sekunde noch an einem der unteren Äste festhalten. Nun hing er in der Luft. Sicher drei Meter über dem Boden.

„Oh nein!", rief Lele. „Wie kommst du denn jetzt wieder runter?"

„Kein Problem. Das ist doch ein Kinderspiel!", rief Loris zurück, schwang ein, zwei Mal hin und her und sprang dann auf die Wiese, wo er sich gekonnt abrollte, bevor er auch schon wieder mit beiden Beinen auf dem Boden stand.

Die Drohne aber war nun weiter entfernt als jemals zuvor. Dadurch, dass der Ast abgebrochen war, gab es jetzt eine Lücke zwischen den oberen und den unteren Ästen, die so groß war, dass auch Loris sie nicht hätte überwinden können. Entmutigt schauten die sechs hoch in den Apfelbaum. Lele seufzte.

„Unser Wollknäuel!", rief Elif plötzlich.

„Hä?" Loris lachte. „Willst du jetzt stricken oder was?"

„Du bist genial!", rief Lele und umarmte Elif vor Freude.

„Könnt ihr mal Klartext sprechen?", meinte Kolja.

„Das muss Geheimsprache sein", erklärte Devin.
Cleo nahm ihr Skateboard unter den Arm und sprintete los.
„Ich hol sie! Bin gleich zurück!"
Und schon war sie wieder vorne an der Straße und rollte davon.

Keine zehn Minuten später war Cleo zurück und schwang – stolz, als wäre sie eine Fahne – die Strickleiter über ihrem Kopf.
Sie warfen das Ende der Leiter in die Höhe, bis es sich an einem der oberen Äste verfing. Dann zogen sie so fest an ihr, bis sie sich sicher waren, dass der Ast nicht ebenfalls morsch war und plötzlich abbrechen würde.
Dieses Mal war Cleo an der Reihe. Wie ein Wiesel kletterte sie die Leiter hoch, während Lele und Loris sie unten gemeinsam festhielten. Keine Minute später kam Cleo mitsamt Drohne wieder sicher auf dem Boden an, wo sie sie feierlich dem sichtlich erleichterten Kolja überreichte. Dank der weichen Landung in der Baumkrone hatte die Drohne keinen einzigen Kratzer abgekriegt.

Als sie alle gemeinsam Richtung Weberstraße zurückliefen, meinte Loris: „Sagt mal, warum eigentlich ‚Wollknäuel'? Und vor allem: Wozu braucht ihr die Strickleiter denn sonst so?"

„Am besten: hinken!“, sagte Elif.
„Genau!“, stimmte ihr Lele zu. „Einfach mal im Müll wühlen.“
Die drei Mädchen lachten.
Die drei Jungs sahen sie stirnrunzelnd an.
„Hä?“, fragte Loris.
„Die Queens halt!“, sagte Kolja und verdrehte die Augen.
Lele aber sah, dass er lächelte.

16. Ein Fall für die Detektei Queens und Partner

Gekonnt nahm Devin die SD-Karte aus der Drohne und übergab sie Elif, die sie routiniert in den mit dem Computer verbundenen Adapter schob. Wenn es um moderne Technik ging, waren die beiden Profis. Außerdem waren sie die Einzigen, die einen frei zugänglichen Computer zu Hause hatten.

Elif drückte auf Start und sechs hoffnungsvolle Augenpaare starrten auf den Bildschirm. Ein erstes, verschwommenes Bild erschien. Die Queens und die Kings brauchten eine Weile, bis sie verstanden, was sie sahen. Offensichtlich hatte die Drohne schon gefilmt, als sie noch am Boden lag. Das Bild zeigte den Eingang des Supermarkts. Mehrere Menschen gingen ein und aus. Sie schoben Einkaufswagen und schleppten Tüten. Devin spulte vor.

Da! Endlich! Die Drohne stieg in die Lüfte und filmte nun tatsächlich die Straßen, die unter ihr lagen. Die Kinder kniffen die Augen zusammen, um ja nichts zu verpassen. Leider gab es nicht viel zu sehen. Zumindest nichts Auffälliges. Mütter und Väter schoben Kinderwägen vor sich her oder trugen ihre Babys in Tragetüchern spazieren. Autos wurden geparkt, Fahrräder angeschlossen. Ein Bote brachte ein Paket und der Bus hielt an der Haltestelle. Alles ganz normal. Zu normal. Lele stöhnte.

„Da!", rief in diesem Moment Kolja.

„Was? Wo?", fragte Lele.

„Na da! Im Gebüsch, rechts neben der Straße. Da ist doch was!"

Devin hielt das Video an und alle beugten sich über das Bild. Tatsächlich: Im Gebüsch war etwas. Etwas Braunes. In etwa so groß wie Tiffi.

„Schnell! Lass weiterlaufen!", rief Lele und ermahnte sich in Gedanken, sich dieses Mal nicht zu früh zu freuen.

Das Video ging weiter. Das kleine, braune Geschöpf schlüpfte aus dem Gebüsch und tapste auf den Gehsteig. Die sechs Kinder hielten gleichzeitig die Luft an. War das Tiffi? Auf einmal schien das Tier die Drohne bemerkt zu haben. Es hielt den Kopf nach oben und fauchte in Richtung der Kameralinse.

„Manno! Scheiß-Katze!", rief Loris enttäuscht und sprach damit allen aus dem Herzen.

Im Vogelflug –

Wen oder was würdest du ausspähen, wenn du eine DROHNE hättest?

Leles Enttäuschung war riesig. Sie blickte zwar weiterhin aufmerksam auf den Bildschirm, aber mit jeder Minute, die weiter verstrich, schwand auch ihre Hoffnung, dass Tiffi noch auftauchen würde.
Das Video endete mit dem Sturzflug der Drohne, die rasant in den Baum stürzte. Das sah ganz lustig aus. Trotzdem lachte niemand. Zu genau wussten alle, was das Ende des Videos für Lele bedeutete: Sie hatten alles versucht, aber Tiffi nicht gefunden.

Lele schaute auf die Uhr. „Vielleicht hab ich Glück und die Würglers stehen im Stau. Falls nicht, wird in weniger als einer Stunde mein letztes Stündlein geschlagen haben …“
Keinem fiel mehr was ein. Keine weitere Idee und nicht mal ein paar tröstende Worte für Lele.
Cleo und Elif klopften ihr bloß aufmunternd auf die Schulter.
Für einen Moment war es ganz still im Zimmer.
„Wenn du in die Putzkammer verbannt wirst, dann können die mich gleich mit einkerkern. Schwur!“, sagte Kolja und kreuzte seine Finger.
Cleo und Elif sahen ihn irritiert an.
„Hey, machst du dich über Lele lustig oder was?“, zischte Cleo.

Aber Lele lächelte. „Dankeschön!", sagte sie in Koljas Richtung. „Wenn du auch noch den lebenslangen Putzdienst mit mir teilst, dann sind wir quitt."

Die beiden grinsten, während sich alle anderen schulterzuckend anschauten und nur Bahnhof verstanden.

Devin startete das Video erneut. Man sah nun wieder den Supermarkt vom Anfang.

„Mann, hätten wir diesen doofen Laden am Anfang nicht gefilmt, hätte der Akku vielleicht länger gereicht", meinte Loris genervt.

Stimmt, dachte Lele traurig und blickte wieder auf den Bildschirm. Dann fiel ihr auf einmal etwas auf. „Hey, ist das nicht …?" Sie zeigte auf eine Gestalt, die gerade den Supermarkt verließ.

„Justus, na und?", meinte Cleo.

Lele blickte wieder auf den Bildschirm. Irgendwas war komisch. Irgendwas stimmte hier nicht.

„Der kauft ja Hundefutter!", rief sie plötzlich.

Nun beugten sich alle neugierig über das Bild. Tatsächlich: Justus hatte eine Tüte Hundefutter in der Hand.

„Sag mal, Elif." Lele wandte sich ihrer Freundin zu. „Weißt du noch, was Justus gesagt hat, als wir gestern das Vergnügen hatten, seinen geistreichen Gedanken zu lauschen?"

Elif konnte sich nämlich nicht nur spezielle Wörter merken,

sondern auch ganze Gespräche. Sie nickte. „Ja, ich erinnere mich sehr genau. Er meinte, Achtung, ich zitiere: *Hunde sind bescheuerte Tiere. Die verlieren die ganze Zeit Haare, bellen völlig grundlos in der Gegend herum und wollen immer was zu futtern. Also lasst uns gefälligst in Ruhe mit eurem Stinke-Tier.*"

„Bingo!", rief Lele.

„Bingo?", fragten Loris und Cleo gleichzeitig und runzelten die Stirn.

Lele sprang auf. Sie sprach jetzt so schnell, dass sich die Worte fast ohne Pause aneinanderreihten: „Vielleicht ist das total an den Haaren herbeigezogen, aber es ist meine letzte Chance. Dieser Typ hat Hundefutter gekauft, obwohl er erst gestern herumposaunt hat, dass er Hunde nicht ausstehen kann! Wenn das mal nicht verdächtig ist! Und was, wenn er Tiffi gefangen hält?! Also: Ich muss dringend los!"

Schon war Lele aus der Tür.

„Halt! Warte doch!", rief ihr Kolja hinterher. „Ich meine, wir kommen natürlich mit!"

17. Justus, Digga und großartige Tricks

Justus wohnte nur ein paar Minuten entfernt in einer Straße mit Einfamilienhäusern.
Lele schlich vorsichtig an ein Haus heran und brachte sich hinter einer Hecke in Stellung. Die anderen versammelten sich um sie.
„Ich glaub, hier wohnt er. Da steht sein Rad“, flüsterte Lele und zeigte auf das gelbe Rennrad, das im Vorgarten stand.
„Und jetzt?“, flüsterte Cleo.
Lele zuckte mit den Schultern. „Keine Ahnung. Wir müssen irgendwie herausbekommen, ob Tiffi da drin ist. Vielleicht hört man sie ja.“
Die sechs Kinder starrten stumm zum Haus hinüber und horchten. Nichts. Lele wollte gerade einen Schritt weiter vorgehen, da sprang die Haustür auf und ein lautes Kläffen ertönte.

„Tiffi!“, rief Lele und Kolja hielt ihr schnell die Hand vor den Mund.

„Sorry!“, flüsterte er entschuldigend. „Aber vielleicht sollte sie uns lieber nicht bemerken, solange wir noch gar keinen Plan haben.“ Er deutete Richtung Justus, der in diesem Moment aus der Haustür trat. Sofort waren die Queens und die Kings wieder mucksmäuschenstill.

„Rückzug!“, flüsterte Kolja und die sechs schlichen bis zur Straßenkreuzung zurück und versteckten sich hinter einer Mauer. Sechs Augenpaare linsten um die Ecke und beobachteten die Straße. Gerade trat Justus auf den Gehsteig. In seiner Hand hielt er eine neue Leine, die exakt wie die alte aussah. An der Leine war Tiffi. Der Hund wedelte fröhlich mit dem Schwanz und folgte Justus, der nun die den Kindern entgegengesetzte Richtung einschlug.

„So viel zum Thema Justus kann Hunde nicht ausstehen“, zischte Kolja. „Schaut euch die beiden an: Die sind doch ein Herz und eine Seele!“

„Ja, sehr merkwürdig“, stimmte ihm Lele zu.

„Und jetzt?“, fragte Cleo.

Lele seufzte. „Also wenn ich Justus die Wahrheit sage, dann rennt der doch bestimmt gleich zu den Würglers und erzählt ihnen alles.“

„Und unseren Eltern bestimmt auch!“, ergänzte Loris.

Alle stimmten zu. Aber was konnten sie dann tun? Auf jeden Fall durften sie Justus und Tiffi nicht aus den Augen verlieren. Die Gruppe setzte sich in Bewegung. Sie versuchten, Justus zu folgen und dabei so unauffällig wie möglich zu wirken.

„Unser Vorgehen scheint mir eher suboptimal zu sein", flüsterte Elif.

„Suboptimal?", fragte Loris.

„Sie meint, wir müssen noch diskreter vorgehen", erklärte Devin.

Lele prustete los. „Stimmt! Besonders unauffällig wirken wir nicht gerade."

Jetzt fingen alle an zu lachen. Sie standen brav aufgereiht hintereinander. Auffälliger war kaum möglich.

„Lasst uns die Straße entlanglaufen, als ob wir hier einfach spazieren würden", sagte Kolja.

Alle nickten und schlenderten dann möglichst lässig weiter die Straße hinunter. Lele musste grinsen. Wenn man es sich genau überlegte, wirkten sie immer noch sehr ungewöhnlich: Sechs Kinder, die gemächlich über den Gehsteig schritten, leise vor sich hin pfiffen und mit den Händen in den Hosentaschen in den Himmel blickten. Aber egal. Hauptsache, Justus bemerkte sie nicht, während sie ihm folgten. Lele überschlug in Gedanken die Zeit, die ihr noch blieb. Sie kam auf ungefähr eine halbe Stunde. Nur noch eine halbe Stunde! Ihr wurde heiß und kalt.

Justus lief bis zum Feld, wo er Tiffi die Leine abnahm und einen Stock warf. Fröhlich jagte Tiffi hinterher.

Die Kinder blieben vorsichtshalber in einiger Entfernung stehen und taten so, als ob sie Loris' Fußball hin und her kicken würden, während sie sich in Wirklichkeit berieten.

„Was würdet ihr denn jetzt tun?", fragte Lele in die Runde.

„Er muss uns einfach glauben, dass Tiffi *dein* Hund ist", überlegte Devin.

„Aber da könnte ja jeder kommen und das behaupten", gab Kolja zu bedenken.

„Vielleicht kann da eben *nicht* jeder kommen und das behaupten ... Und vielleicht ist genau das unsere Chance", dachte Elif laut nach. „Überlegt doch mal: Woran erkennt man den Besitzer eines Hundes?"

Alle zuckten mit den Schultern und schüttelten fragend die Köpfe.

„Spuck's aus!", sagte Kolja. „Wir haben keine Zeit mehr zu verlieren!"

„Na", sagte Elif, „in erster Linie doch durch das Verhalten des Hundes. Wir müssen Tiffi einfach dazu bringen, so zu tun, als ob sie Leles Hund ist!"

„Das ist ja klar. Aber wie soll das gehen? Sollen wir

SCHOKOPRALINEN oder MARZIPAN –

womit kann man dich anlocken?

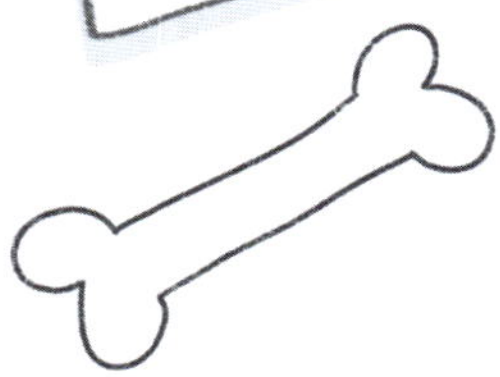

Tiffilein in deinen super Plan einweihen? Ihr in einem unauffälligen Moment was zuflüstern oder was?", fragte Loris. Elif ignorierte Loris' Bemerkung. Dafür war sie schon zu sehr mit der Planung beschäftigt. „Wir brauchen ein Lockmittel", meinte sie.

„Meinst du so was?", fragte Kolja und zog die Hundekekse, die Lele ihm gegeben hatte, aus seiner Hosentasche.

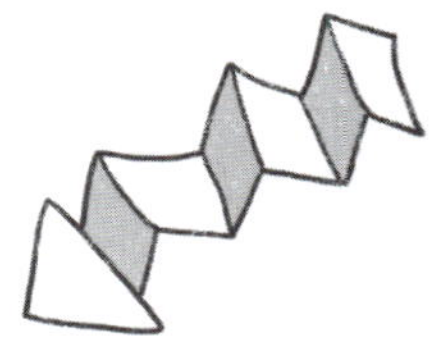

„Perfekt!", jubelte Elif. Dann erklärte sie Lele und den anderen ihren Plan.

Eine Minute später hatte Lele die Hosentaschen voller Leckerli. Zwei Kekse nahm sie in die Hand und vergrub sie in ihren Handflächen. Genau wie es ihr Elif erklärt hatte.

„Drückt mir die Daumen!", sagte Lele. Dann ging sie los. Mit großen Schritten marschierte sie den Weg neben dem Feld entlang. Dabei blickte sie immer wieder suchend in die Ferne. Die anderen schauten ihr gespannt zu.

„Tiffi!", rief Lele. „Tiffi, mein liebes Hündchen! Wo bist du denn?"

So näherte sie sich Justus, der wegen der Rufe bereits auf sie aufmerksam geworden war. Als Lele sicher war, dass Justus sie sah, tat sie, als ob sie Tiffi, die gerade wieder aufs Feld hinausrannte, genau in diesem Moment erst entdeckt hätte.

Sofort lief sie auf den Hund zu und rief: „Tiffi! Meine Tiffi! Da bist du ja!“
Sie kam bei Tiffi an und streckte ihre Arme nach dem Hund aus. Tiffi roch sofort die Kekse in Leles Händen und stürzte sich auf sie. Von Weitem sah das aus, als ob der Hund Lele vor lauter Wiedersehensfreude fast umrennen würde.
„Komm, mein Hundchen“, sagte Lele nach einer Weile, klackerte mit den Keksen in ihrer Hosentasche und rannte über das Feld zurück zum Weg. Tiffi spurtete ihr verzückt hinterher.
Lele rannte direkt auf Justus zu, setzte ein freundliches Gesicht auf und dachte an den Spruch, der schon Frau Sander so wunderbar geholfen hatte: „Angriff ist die beste Verteidigung!“
Sie kam vor Justus zum Stehen.
„Was …? Was soll das?“, fragte er mit Blick auf Tiffi, die brav neben Lele zum Halten kam und nun Sitz machte.

„Vielen Dank, dass du meinen Hund gefunden hast! Du weißt ja gar nicht, was mir Tiffi bedeutet!“
„Deinen?“, stotterte Justus. „Aber …“ Er blickte traurig auf den Hund, der vor ihm saß und ihn mit großen fragenden Augen anstarrte. „Ach Digga …“ Er seufzte.
„Digga?“, hörte Lele jemanden flüstern. Dann vernahm sie ein

Lachen. Auf einmal entdeckte sie hinter Justus ihre versammelte Mannschaft. Loris hielt sich die Hand vor den Mund und grinste. Auch die anderen, Kolja, Devin, Elif und Cleo, schmunzelten.
Nun wurde Justus ebenfalls auf die Truppe hinter sich aufmerksam. Schlagartig veränderte sich sein Tonfall. „Was wollt ihr denn hier?“
Kolja stemmte seine Hände in die Hüften und trat einen Schritt vor. „Wir sind Freunde von Leonie und haben ihr dabei geholfen, ihren Hund wiederzufinden.“
Lele lächelte. Kolja hatte „Freunde“ gesagt. Und er war Justus einfach so entgegengetreten. Sie fand das ziemlich mutig von ihm. Und toll.

„Wer sagt denn, dass der Hund *ihr* gehört!? Da kann ja jeder kommen und das behaupten!“, schnaubte Justus.
„Aber du hast doch gesehen, wie der Hund Lele angesprungen hat. Das ist ja wohl Beweis genug!“, rief Loris. Die anderen nickten.
„Gar nichts ist das!“, schrie Justus. „Ich hab den Hund gefunden, also gehört er mir! Basta!“ Er legte Tiffi die neue Leine um. „Komm, Digga, wir gehen!“
Die Queens und die Kings standen wie begossene Pudel da und starrten Justus und Tiffi hinterher.

Lele überlegte fieberhaft, wie sie ihn aufhalten konnte. Aber sie hatte einfach keine Idee!
„Halt!", rief Kolja. Dann flüsterte er den anderen zu: „Fällt euch denn gar nichts mehr ein?"
Alle zuckten betrübt mit den Schultern und schüttelten traurig ihre Köpfe. Justus lief währenddessen einfach weiter. Leles Gedanken rasten. Das konnte nicht das Ende sein. Das durfte nicht das Ende sein! Auf einmal rannte sie Justus hinterher und stellte sich vor ihn.
Er musste stoppen. „Ey, spinnst du, Kleine? Aus dem Weg!"
Die anderen kamen hinterhergerannt. Geschlossen standen sie nun vor Justus.
Lele nahm allen Mut zusammen und blickte in Justus Augen. „Das ist Tiffi. Und das ist nicht dein Hund!"
Sie traute sich nicht „das ist *mein* Hund" zu sagen, denn das wäre eine glatte Lüge gewesen. So aber entsprach noch alles der Wahrheit. Sie kniete sich neben Tiffi auf den Boden.
„Hier kommt der Beweis!", sagte Lele und hielt Justus die Plakette hin, die an Tiffis Hundehalsband befestigt war.
Mit offenem Mund starrte Justus auf das kleine Schild in Leles Hand.
„Falls du nicht lesen kannst: Da steht T-I-F-F-I. Tiffi!", sagte Lele und grinste über das ganze Gesicht.
„Ha!", riefen Loris und Cleo gleichzeitig.

Alle strahlten – bis auf Justus natürlich. Der schnaubte: „Von mir aus! Dann ist das halt dein Scheiß-Köter!“ Dann warf er Lele kurzerhand die Leine hin und stapfte davon. „Tiffi! Was für ein beschissener Name!“
Lele und die anderen jubelten.
„Jetzt aber schnell!“, sagte Lele. „Wenn die Würglers schon zurück sind, bekomm ich nämlich bestimmt trotzdem Ärger!“

18. Happy End?!

Lele rannte voraus. In ihrer Hand schlotterte die neue Hundeleine. Tiffi spurtete hechelnd neben ihr her. Sie schien das schnelle Laufen zu mögen und blickte Lele begeistert von der Seite aus an. Die anderen waren ihnen dicht auf den Fersen. Als die Gruppe in die Weberstraße einbog, stand eine Menschentraube auf dem Gehsteig vor Leles Haus. Sofort stoppten die Kinder und versuchten zu erkennen, was da weiter vorne vor sich ging.

„In der Mitte steht Frau Würgler und fuchtelt mit ihren Händen!", sagte Loris.

„Und neben ihr ist Herr Würgler, der stampft mit dem Fuß auf den Boden und scheint ziemlich wütend zu sein …", meinte Cleo.

„Oje …", sagte Lele.

„Da ist ja auch deine Mutter!", rief nun Elif.

Lele scannte mit ihren Augen das Grüppchen ab und sah sie

jetzt ebenfalls. Da stand ihre Mutter in nichts als einer ausgeleierten Jogginghose und einem fleckigen T-Shirt und wurde ganz offensichtlich von der aufgebrachten Frau Würgler angekläfft.
„Mist! Großer, großer Mist!“, sagte Lele.
„Und nun?“, fragte Devin.

Lele überlegte nicht lange. Sie nahm Tiffi straffer an die Leine und sagte: „Angriff ist die beste Verteidigung. Los, komm, Tiffi!“
Dann marschierte sie zielstrebig auf die Würglers und die anderen Leute zu. Als sie näher kamen, fing Tiffi an, wie verrückt an der Leine zu ziehen und Lele ließ sie los. Der Hund suchte sich einen Weg durch die Menschen und sprang schließlich bellend an Herrn und Frau Würgler hoch.
„Tiffi! Mein Schatz!“, rief Frau Würgler und nahm den Hund wie ein Baby auf ihre Arme. Der Yorkshire-Terrier schleckte ihr zum Dank einmal quer über das Gesicht.
„Glücklich vereint, nennt man das wohl“, sagte Kolja, der plötzlich neben Lele stand.
Lele lächelte. Dann spürte sie den Blick ihrer Mutter. Lynn schaute in einer Mischung aus streng, verärgert und fragend zu ihr rüber und Lele konnte nicht genau deuten, wie hochgradig sauer ihre Mama wohl war. Sie seufzte und bahnte

sich einen Weg durch die Menschengruppe hindurch, die sich bereits wieder aufzulösen begann.
Lynn schüttelte den Kopf, lächelte aber gleichzeitig, als Lele endlich vor ihr zum Stehen kam. „Wo warst du denn? Herr und Frau Würgler haben hier einen halben Volksaufstand veranstaltet. Mich haben sie aus der Wohnung geklingelt. Dabei war ich gerade am Arbeiten."
„Das sieht man", sagte Lele mit einem Blick auf Lynns Kleidung. Ihre Mutter trug immer Jogger und alte T-Shirts, wenn sie arbeitete – was in ihrem Fall bedeutete, dass sie an einem Drehbuch für einen Film schrieb.
„Ist mit dem Hund denn alles okay?", fragte Lynn flüsternd.
„Ja klar! Was soll denn sein?", antwortete Lele und versuchte, so überzeugend wie möglich zu klingen.
Ihre Mutter blickte sie prüfend an, fragte aber nicht weiter nach. Schließlich nickte sie Richtung Würglers. „Na, dann hol dir mal deine Belohnung ab."
Lele sah zu dem Hausmeisterehepaar hinüber. Jetzt, mit Tiffi auf dem Arm, wirkten die beiden eigentlich ganz friedlich.
Was soll's!, dachte sie. Früher oder später musste sie sich ihnen sowieso stellen.

„Und lass dir eine gute Ausrede für deine Verspätung einfallen", flüsterte ihr Lynn noch zu.
„Na wunderbar!", murmelte Lele und trottete los.

Die Hausmeisterleute bemerkten Lele erst gar nicht, so beschäftigt waren sie damit, Tiffi zu knuddeln.
Lele räusperte sich. „Ich möchte mich sehr für die Verspätung entschuldigen. Es gab Komplikationen, die zu erklären ich natürlich in der Lage bin", sagte sie.
Die Würglers hörten augenblicklich mit ihren Liebkosungen auf und blickten Lele mit großen Augen an. Lele hörte auf zu sprechen und merkte, dass sie gerade wie Herr Arnold geklungen haben musste, wenn der versuchte, ernst zu wirken.
„Du bist fast eine Stunde zu spät!", fauchte Herr Würgler.
„Wir haben uns solche Sorgen um unser Tiffilein gemacht! Wo zum Donnerwetter warst du?", schimpfte Frau Würgler.
Lele musste schlucken. „Das mit der Verspätung tut mir megaleid! Wir haben einfach so toll zusammen gespielt, da haben wir glatt die Zeit vergessen. Und wie Sie ja mit eigenen Augen sehen können, geht es Tiffi ganz hervorragend! Und wirklich großes Sorry wegen der Verspätung!"
Lele hob entschuldigend die Arme. Dann strich sie dem Hund über den Kopf: „Aber wir hatten doch eine tolle Zeit zusammen, nicht wahr, Tiffilein?"
Der Yorkshireterrier wedelte als Antwort fröhlich mit dem Schwanz.

Lele bekam tatsächlich das versprochene Geld. Die Würglers murrten zwar noch ein wenig rum, aber außer der Verspätung konnten sie Lele wirklich nichts vorwerfen – zumindest nichts, wovon sie gewusst hätten.
Eigentlich hatte Lele das Geld dazu nutzen wollen, endlich mal mit dem Sparen anzufangen. Aber das musste nun warten. Jetzt hatte sie was anderes damit vor.
Sie lief rüber zu Cleo, Elif, Devin, Loris und Kolja, die die ganze Zeit auf der anderen Straßenseite gewartet und alles beobachtet hatten. Lele wedelte mit den Geldscheinen und fragte strahlend in die Runde: „Hat hier jemand Lust auf Eis und Limo? Ich würde nämlich behaupten, dass ich euch allen ziemlich was zu verdanken habe!"

Natürlich hatten alle Lust auf Eis! Zusammen liefen sie zur Eisdiele neben dem Supermarkt und Lele bestellte so viel, dass sich der kleine Bistrotisch unter den schweren Eisbechern fast krümmte. Feierlich erhob sie ihr Limoglas. „Auf die gute Zusammenarbeit zwischen den Queens und den Kings!"
„Auf Tiffis glückliche Rückkehr in den Schoß ihrer Hunde-Eltern!", rief Loris.
Dann stießen sie so fest an, dass die Gläser klirrten und die Limo fast überschwappte.

„Schaut mal, da ist ja Justus!", rief Cleo und zeigte auf die gegenüberliegende Straßenseite.

„Der hat ja schon wieder einen Hund dabei", kommentierte Devin verblüfft.

Tatsächlich hielt Justus eine Hundeleine in der Hand, an der eine schwer schnaufende Französische Bulldogge zog. Eine Weile sahen sie Justus dabei zu, wie er sichtlich zufrieden und gut gelaunt den Hund spazieren führte.

Plötzlich stand Kolja auf und rief über die Straße: „Na, Justus? Schon wieder einen fremden Hund geklaut?"

Nicht nur Lele, sondern auch allen anderen blieb die Spucke weg. Sie rutschten auf ihren Stühlen weit nach unten, um von Justus nicht gesehen zu werden, doch der war natürlich bereits auf sie aufmerksam geworden und kam nun direkt auf sie zugelaufen.

„Oh nein …", murmelte Loris noch, dann stand Justus auch schon vor ihnen.

Doch anstatt auf Kolja loszugehen, grinste er in die Runde und zeigte auf den Hund, der nun brav neben ihm Sitz machte. „Das ist Digga zwei. Hab ich aus dem Tierheim. Ganz frisch. Ich glaube, wir sind ein gutes Team. Gib High Five, Digga!"

Er beugte sich zu dem Hund hinab, der nun tatsächlich seine Pfote auf Justus ausgestreckte Hand legte.

„Wie süß", kommentierte Loris belustigt.
„Ey, das ist nicht süß, das ist cool!", sagte Justus. Dann drehte er sich um und ging davon.
„Der ist ja wie ausgewechselt!", staunte Elif.
„Hunde scheinen eine positive Wirkung auf ihn zu haben", meinte Lele.
Dann beugten sich alle wieder über ihr Eis. Lele schaute Justus hinterher, bis er und seine Bulldogge hinter der nächsten Ecke verschwunden waren.
„Respekt, übrigens!", flüsterte Kolja, der neben ihr saß.
„Respekt?", fragte Lele.
„Na ja", meinte er. „Du hast mehrmals ziemlich viel Mut bewiesen. Und vor allem hast du bis zum Schluss nicht aufgegeben."
„Aber nur dank euch! Ohne deine Hilfe wäre ich durchgedreht!", sagte Lele. Dann fiel ihr etwas ein. Sie kramte in ihrer Hosentasche und hielt Kolja ein völlig zerknülltes Papier hin. Es war die Mutmach-Botschaft. „Hier. Zurück. Und vielen Dank fürs Ausleihen!"
Sie lächelten sich kurz an, dann wandten sie sich wieder den anderen zu, die nun dabei waren, sich gegenseitig die aufregenden letzten Tage nachzuerzählen.
Gemeinsam aßen sie tonnenweise Eis, schlürften Limo, bis sie ihnen fast zu den Ohren rauskam, und hielten sich die Bäuche

vor Lachen, als Loris den erst fiesen, dann lieben Justus nachäffte und Elif und Devin das schimpfende Würgler-Ehepaar nachahmten.
Die sechs wirkten wie die besten Freunde, als sie mit vollen Bäuchen und einem breiten Grinsen im Gesicht gemeinsam nach Hause schlurften. Doch plötzlich blieb Loris stehen und blinzelte seinen zwei Kumpels verschwörerisch zu. „Jungs, ich sag nur: Falandasa sonde Makaba!"
Nicht nur die drei Mädchen, auch Devin und Kolja blickten Loris für einen Moment irritiert an.
Dann begriff Devin und meinte zu den Mädchen:
„Tja, wir haben jetzt eben auch eine Geheimsprache!"
Er stupste Kolja an, der nun auch verstand und sofort reagierte: „Genau! Und das bedeutet so viel wie: Wir haben jetzt vielleicht gerade Waffenstillstand, aber das heißt noch lange nicht, dass euer Dach nicht weiterhin in Gefahr ist!"
Die Jungs lachten und gaben sich High Five. Dann rannten sie davon. Kopfschüttelnd blieben die Mädchen zurück.
„Echt jetzt?", fragte Elif.
Cleo verdrehte die Augen. „Die ändern sich eben nie."
Lele sagte nichts. Sie wusste nicht genau, was sie davon halten sollte. Gerade noch hatten sie sich so gut mit den Jungs verstanden und nun sollten sie schon wieder mit ihnen auf Kriegsfuß stehen?

Andererseits war sie auch gespannt darauf, was die Jungs ausheckten. Denn im Grunde machte es ja auch Spaß, mit ihnen verfeindet zu sein. Langweilig wurde es auf diese Weise auf jeden Fall nie!

Am Abend lag Lele in ihrem Bett und konnte gar nicht fassen, dass doch noch alles gut geworden war. Nein, nicht nur gut, richtig schön war der Tag noch geworden!
Es klopfte leise an der Tür und Lynn setzte sich zu Lele auf die Bettkante. „Vielleicht magst du mir ja jetzt erzählen, was los war", sagte sie und zwinkerte Lele aufmunternd zu.
Und obwohl doch jetzt alles vorbei war und Lele gar keinen wirklichen Grund mehr hatte, ihre Mama einzuweihen, erzählte sie ihr nun alles. Mit jedem Satz merkte sie, wie ihr Herz leichter wurde, und als Lynn sie am Ende einfach nur in die Arme nahm und drückte, fühlte sich Lele wie von einer großen Last befreit.
„Und das nächste Mal", meinte Lynn, „kannst du mir das alles auch gleich am Anfang erzählen. Dann kann ich dir auch helfen und muss nicht eine Stunde mit den Würglers auf der Straße stehen und ihnen zu erklären versuchen, wo meine Tochter und ihr Hund abgeblieben sind."
„Ach, Mama", sagte Lele. Dann fiel ihr etwas ein: „Also wenn ich ein Handy hätte, dann wüsstest du ja immer, wo ich bin …"

Lynn lächelte. „Meine clevere Tochter! By the way, vielleicht …“

„*By the way,* Mama? Sprichst du jetzt auch schon so?“, fragte Lele.

Lynn schüttelte lachend den Kopf: „Ach, immer diese Anglizismen! Ich merk das schon gar nicht mehr!“

„*Anglizismen?*“, fragte Lele. „Du sprichst in immer größeren Rätseln, Mama. Aber ich werde einfach Elif fragen, was das alles bedeutet.“

„Wir engagieren Elif als Übersetzerin“, meinte Lynn und zwinkerte Lele zu. „Und jetzt schlaf schön, mein wildes Kind!“

Sie küsste Lele auf die Stirn, strich ihr noch einmal übers Haar und verließ das Zimmer.

REDEN deine Eltern manchmal auch so peinlich?

SCHREIB'S AUF!

Aber an Schlaf war natürlich nicht zu denken. Dafür waren die letzten Tage viel zu aufregend gewesen. Und irgendwie auch ganz schön. Sogar mit den Jungs war es im Grunde ziemlich toll gewesen – was Lele natürlich nie zugeben würde! Sie lag noch lange wach und erinnerte sich an all die Abenteuer, die sie zusammen durchgestanden hatten. Dann holte sie ihr LwD-Buch hervor und begann, eine neue Liste zu schreiben:

Warum man manchmal einfach DAS ENDE abwarten sollte (bevor man komplett *ausflippt*):

- Weil man sich sonst völlig umsonst Sorgen macht.
  - Weil man sich schlimme Dinge vorstellt, die gar nicht stimmen.
    - Weil man sonst aufgibt, obwohl man noch was tun könnte.

Weil es noch nicht das Ende ist, wenn es noch nicht gut ist!

Geheimwortschatz-Verzeichnis der Queens

Geheimsprache	Übersetzung
Hinken	Ignorieren
Waschbär	Petzer
Wer hat Lust auf Käsekuchen?	Gefahr
Sternschnuppe	Keine Ahnung
Fische fangen	Ruhe bewahren
Tanzen	Reden
Riesenrad	Dach
Ski fahren	Abhauen, Weggehen
Wollknäuel	Strickleiter
Im Müll wühlen	Klappe halten, nichts sagen
Warum stinkt es hier so?	Und jetzt?, Was tun?
Lebertran trinken	Jemanden austricksen
Ich hab so Lust auf Knusperkekse.	Lasst uns in die Geheimsprache wechseln.

Cocktails schlürfen	Sich besprechen
Abrakadabra!	Ich weiß eine Lösung!
Cupcake	Skateboard
Delfin	Drohne

Danksagung

Ich danke:
meinen Eltern, dass sie mich immer einfach machen ließen,
meiner Lektorin Jo Anne Brügmann für die tolle Zusammenarbeit,
Meike Hamann für die wunderschönen Illustrationen,
meinem Agenten Sebastian Richter
und meinem Schreibkollektiv Q3.

Sabina Gröner

Sabina Gröner ist in Basel aufgewachsen und hat in Zürich und Berlin studiert. Wenn die Kings eine Drohne über ihrem Schreibtisch kreisen ließen, würden sie staunen: Sabina Gröner schreibt nämlich auch Drehbücher! Pausen vom Schreiben macht sie am allerliebsten bei Lele, Cleo und Elif auf dem Dach – aber pssst, nicht verraten!

Meike Hamann lebt mit ihrem Mann und ihrer Tochter in Essen. Sie liebt ihre Arbeit als Illustratorin und Kommunikationsdesignerin so sehr, dass sie am liebsten von morgens bis abends zeichnen würde. Kein Wunder, dass sie sich manchmal Cleos Skateboard wünscht, um alle Termine elegant unter einen Hut zu bekommen!

LESEPROBE

Sabina Gröner

Leles Geheimclub

Übernachtungsparty bei den Queens

Band 2

„Ich glaub, ich hab ein Wiesel gesehen!", flüsterte Lele ihren beiden Freundinnen Cleo und Elif zu, die neben ihr die Straße entlangschlenderten. Die drei Mädchen waren gerade auf dem Nachhauseweg von der Schule.

„Schon wieder? Wo denn?", fragte Elif und blickte sich verstohlen um.

Lele deutete hinter sich ins Gebüsch, wo man durch das Geäst drei Haarschöpfe erkennen konnte.

„Mensch, die nerven echt langsam!", grummelte Cleo und verdrehte die Augen.

Lele grinste. „Ja, diese Sorte Wiesel kann einem ganz schön auf den Geist gehen."

Wiesel war Geheimsprache und bedeutete *Verfolger* – und verfolgt wurden die Queens seit einigen Tagen ständig. *Queens*, so nannten sich Lele, Elif und Cleo, seit sie in der ersten Klasse ihren gleichnamigen Geheimclub gegründet hatten. Sogar eine eigene Geheimsprache hatten die drei entwickelt. Somit konnten sie auch in der Öffentlichkeit über geheime Clubangelegenheiten sprechen, ohne dass man sie verstand. Die Queens fanden es allerdings überhaupt nicht witzig, dass Kolja, Loris und Devin aus ihrer Klasse die gleiche Idee gehabt und selbst einen Geheimclub gegründet hatten. Und dann nannten sich die drei Jungs auch

noch *Kings*! Was für eine bodenlose Frechheit! Logisch also, dass die Kings nun ihre Feinde waren.
Und gerade jetzt gingen sie ihnen gewaltig auf die Nerven. Denn egal, wo die drei Freundinnen zurzeit unterwegs waren, mindestens einer der Kings war ihnen immer auf den Fersen. Kolja, Loris und Devin hatten sich nämlich in den Kopf gesetzt, das geheime Hauptquartier der Mädchen zu erobern.

Und das kam ja mal überhaupt nicht in Frage! Die Queens hatten das Flachdach von Cleos Haus heimlich in ein Wohlfühlparadies mit gemütlichen Kissen verwandelt und verbrachten jede freie Minute dort oben. Vor allem auf ihren eigenen kleinen Garten, den sie selbst angelegt hatten, waren die drei mächtig stolz. Umso wichtiger war es auch, dass keiner ihr tolles Hauptquartier betreten konnte. Daher hatten die Mädchen die Luke zum Dach auch felsenfest gesichert.
Und so blieb den Jungs nichts anderes übrig, als die Mädchen auf Schritt und Tritt zu verfolgen – und zu hoffen, dass sie sie im Moment der Dachbesteigung überrumpeln konnten. Doch die Queens hatten schnell gemerkt, dass sie beobachtet wurden und machten unter diesen Umständen natürlich einen großen Bogen um ihr Geheimversteck.
Jetzt nickten sich die drei Mädchen unauffällig zu – und liefen

an der nächsten Kreuzung, ohne ein weiteres Wort zu wechseln, in verschiedene Richtungen davon. Das würde die Jungs mit Sicherheit verwirren!

Ihr Plan schien aufzugehen, denn schon hörte Lele, wie ein aufgeregtes Getuschel hinter ihrem Rücken losging.

„Was soll das denn jetzt? Die laufen ja gar nicht zum Dach!", hörte sie Loris flüstern.

„Wir müssen uns halt auch aufteilen", kam die Antwort von Kolja.

„Lieber nicht. Ich glaub, die wollen uns reinlegen!"

Devin hatte den Braten natürlich gerochen. Was auch kein Wunder war. Schließlich war er Elifs Zwillingsbruder und genauso scharfsinnig wie sie.

Für einen Moment war es still. Dann sagte Kolja: „Devin hat recht. Ich schlage vor, dass wir für den Moment abbrechen."

Loris stöhnte, stimmte aber zu. Die drei zogen geknickt ab.

Kurz darauf erreichte Lele die Bushaltestelle, wo Elif und Cleo bereits auf sie warteten.

„Die Wiesel hier in der Gegend wirken auf mich auch immer verwirrter", sagte Lele und die drei lachten.

„Die haben wir auf jeden Fall fürs Erste abgehängt", sagte Elif.

„Das haben wir echt gut gemacht!“, rief Cleo und die drei hoben ihre Arme für ihren ultimativen Queens-Gruß, bei dem sie ihre Hände in die Mitte streckten und ihre Finger wie eine Blüte öffneten: Pling!

„Was denkt ihr? Eigentlich können wir doch jetzt, wo wir unsere Verfolger los sind, aufs Dach steigen!“ Cleo sah ihre zwei Freundinnen erwartungsvoll an.

„Ich glaube, da haben wir uns zu früh gefreut“, antwortete Elif und nickte unauffällig in Richtung der nächsten Straßenecke.

Lele kniff die Augen zusammen. Tatsächlich: Ein halber Turnschuh lugte hinter der Ecke hervor. Das musste einer der Kings sein!

„Die sind hartnäckiger, als wir gedacht haben. Das war's dann wohl mit dem Dach für heute.“ Lele seufzte und schlug vor, dass sie sich nach dem Abendessen bei ihr treffen könnten.

Cleo und Elif waren sofort einverstanden.

Die drei Freundinnen verabschiedeten sich mit ihrem Queens-Gruß voneinander, dann liefen sie alle in verschiedene Richtungen nach Hause.

Als Elif und Cleo später Leles Zimmer betraten, staunten sie nicht schlecht. Quer über ihrem Schreibtisch prangte ein riesiges Banner, das so breit wie der Schreibtisch selbst war. Es bestand aus sechs A4-großen Blättern, die mit feinen Fäden miteinander verbunden waren. Auf jedem Blatt war ein großer, farbiger Buchstabe geschrieben. Zusammen ergaben sie ein Wort:

QUEENS!

„Wow!", rief Cleo.
„Ein Banner de luxe!", sagte Elif.
„*De* was?" Lele runzelte ihre Stirn.
„*De luxe*", wiederholte Elif. „Man sagt *dö lüx*, schreibt aber *de luxe*, weil es aus dem Französischen kommt. Es bedeutet eigentlich *luxuriös*, aber man sagt es auch, wenn man findet, dass etwas von besonderer und spezieller Qualität ist, also besonders erstklassig."
„Danke." Lele merkte, wie sie ein wenig rot wurde.
„Geniales Wort, das merk ich mir!", sagte Cleo.
„Find ich auch!" Lele nickte zustimmend. „Ein *de luxe*-Wort, würd ich sagen. Ein echtes *Queens*-Wort halt."
„Genau! Ab jetzt ist das ein Queens-Wort!", rief Cleo strahlend.

Sie beschlossen, dass sie das Banner bei der nächsten Gelegenheit auf ihrem Geheimdach aufhängen wollten. Lele hatte bereits alle sechs Blätter mit dem Laminiergerät ihrer Mutter in durchsichtige Folie eingeschweißt. So würde das Banner selbst bei Wind und Regen schön bleiben.

Lele holte selbstgemachte Milchshakes für alle aus der Küche, während es sich Cleo und Elif auf ihrem Bett gemütlich machten. Dann klappte Lele den Laptop ihrer Mutter auf und die drei begannen, sich durch lustige Tiervideos zu scrollen.
„Waschbären sind ja so süß!", sagte Cleo nach einer Weile.
„Und Pinguine so witzig!", sagte Elif. „Stellt euch vor, wie lustig es wäre, wenn es einen Waschbär-Pinguin geben würde. Ein Tier mit dem süßen Gesicht eines Waschbären und dem lustigen watscheligen Gang eines Pinguins."
„Du meinst ein *Pingbär*?", fragte Lele und begann, auf ein Stück Papier zu kritzeln, das sie ihren Freundinnen kurz darauf hinstreckte. „Darf ich vorstellen: ein waschechter Pingbär. Der Einzige seiner Art!"

Lele hatte mit wenigen Strichen ein knuffiges Fantasietier gemalt, das oben wie ein Waschbär und unten wie ein Pinguin aussah.

Cleo jubelte: „Das ist ja eine megacoole Idee, Lele! Also ich meine natürlich eine Idee *de luxe*!“

„Du hast ja gemorpht, Lele!“, rief Elif und schaute sich den Pingbär genauer an.

„*Gemorpht*?“, fragte Lele.

„Kennt ihr das nicht?“ Elif sah Cleo und Lele fragend an.

Die beiden wechselten einen kurzen Blick und schüttelten dann den Kopf.

„Also: Morphen nennt man den Vorgang, wenn aus zwei Dingen eins gemacht wird, indem man sie zusammenfügt. Wie eben unser Pingbär hier.“

„Super!“, rief Lele. „Lasst uns Tiere morphen!“

Genau das taten die drei dann auch – und zwar noch so lange, bis Leles Mutter an die Tür klopfte und sie daran erinnerte, dass morgen Schule war und die drei darum langsam aber sicher schlafen gehen sollten.

Liebe Leserinnen und Leser,
hier könnt ihr euch auf eine coole Mitmachseite freuen:
Ihr dürft Tiere morphen!

Band 2 erscheint im April 2020!